나의 대중문화 표류기

1ST
Daum
작가의 발견 7인의 작가전 선정작

나의 대중문화 표류기

김봉석

| 차례 |

1부 스트레인지 데이즈

2부 하드보일드 원더랜드

3부 트루 라이즈

글을 시작하며

대중문화평론가, 영화평론가 등 프리랜서로도 일하지만, 지금 나의 공식 직함은 〈에이코믹스〉 편집장이다. 『미생』의 윤태호 작가가 제안하여, 함께 만들게 된 만화 웹진 〈에이코믹스〉. 만화를 연재하는 것은 아니고, 만화에 대한 온갖 정보와 리뷰를 담는 매체다.

어쩌다 만화 매체를 만들게 된 것일까. 만화에 대한 글을 처음 쓰기 시작한 것은 21세기 이전이었다. 〈씨네21〉 기자로 있을 때 '숏 컷'이라는 칼럼을 썼다. 모든 대중문화와 사회, 정치 등에 대해 마음대로 쓰는 칼럼이었다. 내가 보고 들은 영화, 만화, 음악, 소설 등에 대한 잡다한 이야기를 제멋대로 했다. 나름 인기가 있었던 덕에 영화만이 아니라 다른 분야에 대한 원고 청탁도 들어왔다.

97년인가, 98년인가는 순정만화 잡지 〈나인〉에 영화와 만화를 아우르는 칼럼을 연재했고, 2000년부터는 웹진 〈코믹플러스〉와 온라인 서점 예스24의 웹진 〈채널 예스〉에 만화 리뷰를 쓰게 되었다. 채널예스에 격주로 쓴 만화 칼럼은 7년 동안 이어졌다. 그러면서 다른 매체에도 만화에 대해 원고를 쓰고, '올해의 우리 만화'를 뽑는 심사 등에도 참여하게 되었다. 그런 인연이었다. 사적으로는 친분이 없던 윤태호 작가에게 연락이 와서 만화 웹진을 만들게 된 것은. 만화계를 바깥에서 바라볼 수 있는 잡지 전문가가 필요하다는 이유였다.

  2009년에 창간했고, 편집장을 맡았던 〈브뤼트〉는 미술, 디자인, 사진, 만화, 대중음악, 영화 등을 문화예술 전반을 다루는 컬처 매거진이었다. KT&G가 마케팅의 일환으로 문화 공간인 상상마당을 운영하면서, 그럴듯한 매체를 만들고 싶어 했다. 고급문화는 재미있고 알기 쉽게 다루고, 대중문화는 품위 있고 고상하게 다루는 문화잡지 〈브뤼트〉는 그렇게 만들어졌다. 개인적으로 고급문화에는 꽤 취약하지만, 그런 분야에는 조언을 들을 수 있는 전문가들이 때로 넘치게 많았다. 그들의 이야기를 경청한 후에, 쉽게 흔들리지 않고 중심을 잡으면 매체를 만들 수 있다. 대중문화는 대체로 나의 홈그라운드였다. 요즘은 그럴만한 깜냥이 안 되어 대중음악에 대한 글은 가급적 안 쓰지만, 한때 한겨레에서 일 년 동안 대중음악 담당 기자도 했다. 중앙일보에는 영화음악에 대한 칼럼도 연재했다. 대중음악의 전문가로 자처할 생각은 전혀 없지만, 대중음악의 역사와 트렌드에 대해 어느 정도는 파악하고 있다. 지금도 아이돌에 많은 관심이 있고.

영화잡지 〈씨네21〉에 다 더하면 세 번 들어가고 나왔는데, 내 관심은 주로 장르영화들과 일본, 홍콩영화였다. 액션, 공포, SF, 범죄, 어드벤처, 무협 등등 오락영화들과 블록버스터. 흔히 예술영화로 불리는 진지하고 심오한 영화들도 나름 좋았지만, 나는 장르영화들에 더욱 애정을 기울였다. 1996년

〈씨네21〉에 처음 입사했을 때 모 선배가 어떤 영화를 좋아하느냐고 물었다. 할리우드영화와 홍콩영화라고 답하자, 잘 됐네. 지금 씨네21에는 그런 영화들 좋아하는 기자가 없거든, 이라고 말했다. 나도 좋았다. 그리고 나는 그런 영화만이 아니라 소설, 만화도 좋아했다. 장르문학 잡지 〈판타스틱〉의 편집위원을 하고, 『한국스릴러문학단편선』을 엮고, 『탐정사전』과 『좀비사전』을 공저하기도 하고, 장르 소설의 해설이나 리뷰를 쓰는 일도 어쩌다 보니 꾸준하게 해 왔다.

하여 영화평론가만이 아니라 대중문화평론가라는 이름으로도 잡다한 활동을 하게 됐고, 지금도 하며 살아가고 있다. 상상마당에서 하는 '전방위 글쓰기' 강의는 7년째 이어지고 있다. 그야말로 잡다하게, 두서없이 살아오면서 나 역시도 가끔은 궁금했다. 어쩌다 이런 지경에 이르게 된 것인지. 게다가 평론가로 활동하지만 나는 이론이나 분석 틀에는 별 관심이 없다. 내가 재미있게 보았거나 좋아하는 작품에 대해서 왜 그런지를 말하고 싶었을 뿐이다. 작품과 작품들 사이에 있는 공통점이나 차이, 미묘하게 걸쳐 있는 정서나 의미에 대해 말하고 싶었다. 그런데 내가 좋아하는 작품들은 세간에서 주로 '오락'으로 여겨지는 것들이었다. 액션, 공포, SF, 범죄, 어드벤처, 무협 장르의 영화, 만화, 소설 등. 무엇을 더 좋아하고, 싫어하고는 딱히 없다. 걸작이면 다 재미있고, 나 역시 졸작이라고 인정하지만, 개인적인 이유로 좋아하는 것들도 있다. 그렇게 내가 좋아하는 것들을 옹호하고 그 의미와 필요, 탁월함에 대해 그동안 말해오며 살아왔다. 희미하게는 알고 있었다. 내가 다른 지점에 서 있다는 것을. 다른 평론가들이나, 동 세대의 문화 애호가들과도 다른 길과 취향을 거쳐 왔다는 것을. 그리고 그런 쓸모없는 것들로 살아남았다는 것을.

그래서 한 번쯤 돌아보고 싶었다. 내가 어쩌다가 그 싸구려 문화들, 쓸모없는 오락에 불과하다 말하는 것들에 마음을 빼앗겨 왔는지를. 하지만 그런 찰나에만 몰두하던 소년이 어떤 경로를 통해서 그가 존재하는 시간과 공간을 함께 들여다보게 되었는지를. 그건 그 시대에 대한 이야기인 동시에 나라는 개인의 지극히 사적인 역사가 될 것이다. 나는 어쩌다 실제의 근심을 내던지고, 가공의 경이로운 이야기에 빠져든 것일까.

그 말을 하고 싶었다. 거의 반백 년을 살았으니 이제 한 번 정도는 회상해도 되지 않을까 싶어서.

序.

유년기의 끝

아버지는 불문과에 진학하고 싶으셨다고 한다. 하지만 당신이 어린 시절부터 이미 가세가 바닥이었던지라, 경영학과 (당시에는 상과대학)를 가야만 했다고 한다. 문학을 하면, 예술을 하면 패가망신이라는 생각이 상식이었을 1950년대였으니 당연한 귀결이다. 내가 대학을 다니던 1980년대에도 그런 생각이 다수였으니 과거에는 더 심했을 것이다. 하고 싶었던 문학 대신 아버지는 평생을 마케팅을 연구하고, 강의하시면서 인생을 보내셨다. 그리고 언제나 문화예술에 무척이나 관심이 많았고 즐기셨다. 국문과를 나오신 어머니도 그러셨다. 집에는 많은 책과 음반이 있었고, 영화도 자주 보러 갔다. 고상하게 예술을 음미하기보다는 일상적으로 다양한 문화를 마음대로 즐기는 환경이었다.

모두 대학을 나온 4남매의 막내였고, 부모님이 주택 대출금을 모두 갚은 것이 내가 대학 때였으니 중산층이었다. 하지만 부모님은 여윳돈을 건물이나 땅에 투자하지 않으셨다. 아버지가 퇴직하신 후 남은 것은 집 한 채와 연금이었다. 대신 식생활과 문화생활에 아낌이 없었다. 세계문학전집과 한국문학전집, 아동문학전집, 백과사전, 세계의 미술관 등 온갖 전집류가 있었고 어머니와 두 명의 누이가 보던 잡지와 책들도 많았다. 내 돈으로 사기만 한다면, 새로운 책을 사들이는 것에 대해서는 아무런 이의가 없었고 추궁도 없었던 집이었다.

세계영화음악 전집이라는 제목의 LP 세트도 있었다. LP 크기의 거대한 소개 책자에는 한 장마다 큰 사진과 함께 영화설명이 실려 있었다. 〈엠마누엘 부인〉이란 영화를 처음 접한 곳도 그 소개 책자였다. 아버지는 전축과 카세트 데크, 8트랙 등 오디오와 폴라로이드 카메라, 비디오카메라, 비디오데크 등등 새로운 기기가 등장할 때마다 구매하시는, 지금 말로는 소위 얼리어답터였다. 하지만 하나의 기기를 계속해서 업그레이드하기보다는 신제품이 나오면 사고, 한참 뒤 새로운 뭔가가 등장하면 다시 사고 등등 그저 새로운 것에 관심이 많을 뿐 마니아는 아니었다. 끊임없는 업그레이드를 했던 것은 컴퓨터 말고는 거의 없었다. 대신 집에는 새로운 무엇이 늘 가득했다. 문화적 환경으로는 크게 부족한 것이 없었다.

영화관에 갔던 기억 중에 무엇이 처음인지는 잘 모르겠다. 어렸을 때 살던 동네에는 종암극장이 있었다. 그 시절에는 동네에 있던 재개봉관들도 으리으리했다. 크기로만 본다면 개봉관에 뒤지지 않았다. 종암극장을 들어가면 가운데 분수대가 있는 넓은 로비가 있었다. 구석에는 오줌싸개 동상도 있었고. 로비의 양쪽으로는 2층으로 올라가는 대리석(?) 계단이 있었다. 〈바람과 함께 사라지다〉의 스칼렛 오하라가 당당하게 내려올 것만 같은 계단이. 컴컴한 영화관 안에서 자다 깨면 거대한 스크린 가득히 그들이 있었다. 〈벤허〉에서 마차 경주 장면이나 노를 젓는 장면인 것 같기도 하다. 무협영화인 것 같지는 않다. 아버지는 무협영화는 그리 좋아하지 않으셨다. 1970년대 할리우드 영화의 웅장한 스펙터클이나 〈더티 해리〉류의 액션영화를 좋아하셨다. 동네 극장은 등급 그런 것에 크게 개의치 않았으니 온 가족이 영화를 보러 가면 미성년자 관람불가 영화에 아이들도 쉽게 들어갈 수 있었다.

영화를 보다 잠들고, 깨어나면 다시 보고. 〈목 없는 미녀〉에서 찬장을 열면 머리가 떼굴떼굴 굴러 나오는 장면 같은 것도 기억난다. 공포영화를 보다 무서워지면 극장 로비에서 뛰어놀다가 어느 정도 잊히면 다시 들어갔다. 그 시절의 극장은 아늑했고, 일상의 한 영역이면서도 어딘가 신비롭고 유쾌했다. 일본에 가미카쿠시라는 말이 있다. 갑자기 아이가 사라지거나 하면 신이 데려간 것이라고 했던 것이다. 그 신은 우리들의 세상에 걸쳐 있거나 이면에 있는 수많은 '다른 존재'를 말한다. 간혹 아이가 돌아오는 경우도 있다. 그럼 그것이야말로 가미카쿠시의 증거였다. 아이는 잠시 헤매거나 다른 곳을 본 것이지만, 이미 많은 시간이 흐른 뒤였다. 극장도 그랬다. 그 안에서는 세상의 모든 것과 잠시 떨어져 있을 수 있었다. 어둡고 넓은 공간에서 모두가 커다란 스크린에서 움직이는 사람들, 가상의 존재들을 함께 보고 있다. 현실보다도 더 아름답고 황홀하고, 때로 폭력적인 다른 세계에 빠져들었다.

그 시절부터 극장의 기억은 포근했다. 자다가 깨어났을 때, 펼쳐지는 눈앞의 스크린에 늘 감동했다. 영화라는 매체는 즐겁고, 재미있고, 따뜻하고, 친숙했다. 국민학교에 들어가면서는 어머니, 누나와 형과 함께 개봉관을 가게 되었다. 광화문 네거리에 있던 국제극장에서 본 〈타워링〉과 허리우드 극장에서 본 〈포세이돈 어드벤처〉 등은 신문광고나 동네 전신주와 담벼락에 붙은 영화 포스터를 보고 개봉관까지 찾아가서 본 경우였다. 그 시절에는 광화문과 종로, 명동 등을 시내라고 불렀다. 내가 사는 동네와는 많은 것이 달랐다. 볼 것도 먹을 것도 달랐고, 오가는 사람들의 패션도 달랐고 동네와는 다른 번화한 거리였다. 우리 집에서 영화는 대단히 중요한 문화였다. 영화는 나쁜 것이나 금지되어야 할 것이라는 생각은 전혀 없었다. 온 가족이 동참하는 즐거운 문화가 영화였다.

부모님은 아무것도 강요하지 않았다. 그걸 가풍이라고 해야 할까? 큰 누나, 작은 누나, 형 그리고 나. 손위로 세 명이 있었지만 자라면서 그들에게 뭔가를 강요는커녕 특별한 조언이나 권유를 받은 적도 없다. 영화를 '함께' 보러 간 적은 있지만 어떤 영화는 보고, 어떤 것은 보지 말라는 말 같은 건 없었다. 영화도, 책도, 음악도 특별하게 권하지 않았다. 책은 많았다. 이미 누나와 형이 보던, 정확하게 말하면 그들을 위해 사 둔 전집류가 한껏 있었다. 그중에서 골라보기만 하면 됐다. 이걸 읽어라, 저걸 읽어라, 라는 말도 없었다. 그리고 나는 언제나 책을 읽고 있었다. 보고 보고 또 봐서 더 이상 볼 책이 없으면 책꽂이에 가서 가장 기억이 덜 나는 책을 골라 다시 읽었다. 내가 원했던『아이디어회관 SF 문고』나『제3 한국문학』이나『우리 시대 우리 문학』같은 전집도 사 주었다. 동서추리문고는 내가 개인적으로 하나씩 사서 읽었고. 그리고 내가 산 어떤 책을 책꽂이에 꽂아 두더라도 뭐라 하신 적은 없었다. 추리소설이건, SF건, 조금은 야한 김성종의『여명의 눈동자』나 일본 하드보일드 소설이라 해도.

뭔가를 제시해주고, 삶의 지도 같은 걸 알려주는 스승 같은 이가 있었으면 좋았을까, 하는 생각이 아주 가끔 들기는 한다. 하지만 집에는 거의 모든 것이 있었다. 자라면서 클래식이나 미술 같은 것에는 별 관심이 없었지만 곁에서 보고 들은 것은 있었다. 『세계의 미술관』이라는 제목의 전집은 루브르, 대영제국, 우피치 등 세계 각국의 미술관에 있는 조각과 그림 등을 올 컬러의 대형 사진으로 보여주었다. 크게 좋아한 것은 아니지만 가끔은 들여다보았다. 대단히 인상적인 그림들도 있었다. 히에로니무스 보쉬의 〈세속적인 쾌락의 정원〉이라던가 고야의 〈아들을 잡아먹는 크로노스〉라던가, 테오도르 제리코의 〈메두사의 뗏목〉같은 그림들. 그러고 보니 내 기억에 남은 그림들은 대개 공포영화의 한 장면 같다. 당시에는 화가와 그림의 이름도 제대로 기억하지 않고 있다가 나이가 들어 기억에 새겨진 그림들을 다시 보았을 때 제목을 확인하며 다시 알게 되었다. 마찬가지로 바하와 베토벤과 모차르트 등등 클래식 음반도 집에 한가득 있었다. 내가 찾아 듣지는 않았지만 다른 가족이 듣고 있으면 쉽게 옆에서 들을 수 있었다. 내 눈앞에 그것들이 있었고, 내가 원했다면 그것들을 집어 들고 향유할 수 있었다. 그러니까 그건 내 취향이 아니었거나, 성장하면서 내 눈 밖으로 나가게 되었을 뿐이다. 그 선택이나, 혹은 운명에 일체 아쉬움은 없다. 지금 내가 보고 듣고, 좋아하는 것만으로도 충분하니까.

그렇게 국민학교 4학년까지, 별다른 일은 없었다. 아버지가 술을 드시고 자주 주사를 부리는 것 정도가 고민이었을 뿐 평탄했고, 조용했다. 그대로 간다면 아마도 좋은 학교에 가서, 좋은 직장을 다니며 잘 살 수 있었을 것 같았다. 사실, 그 시절에도 그런 생각은 전혀 하지 않았다. 4학년 때까지도 하고 싶은 것은 딱히 없었다. 장래 희망 같은 것은. 뭐든 할 수 있다고 생각했고, 보고 싶은 것을 보고, 하고 싶은 것을 하며 평화로운 유년을 보냈다. 문화적으로 풍족하게. 그리고 갑자기 모든 것이 변했다. 나의 유년은 지극히 폭력적으로, 한순간에 닫혀 버렸다.

1부

스트레인지 데이즈

아무것도없는곳

〈조제, 호랑이 그리고 물고기들〉

아무런 정보도 없이 보게 되는 영화들이 있다. 이누도 잇신의 〈조제, 호랑이 그리고 물고기들〉도 그랬다. 여행을 가는 풍경을 찍은 스틸 사진들이 이어진다. 츠네오가 밝은 목소리로 수족관, 바다, 조개 등의 이야기를 한다. 그 시절을 그리워한다. 츠네오가 말하는 조제, 츠네오가 만났던 조제. 오래전, 츠네오는 조제를 떠났다. 그리고 〈조제, 호랑이 그리고 물고기들〉 제목이 나오고 음악이 흐른다. K의 그림이 오프닝 크레딧을 장식한다.

영화가 시작할 때 츠네오가 회상했던 조제와의 여행. 수족관을 갔지만, 휴일이라 문을 닫았던 여행은 영화에서 거의 마지막 부분에 나온다. 보지 못한 수족관 대신 조제와 츠네오는 러브호텔의, 바닷속처럼 꾸며놓은 방에서 하룻밤을 보낸다. 그곳에서 조제는 말한다.

"거기가 옛날에 내가 살던 곳이야. 깊고 깊은 바
닷속. 난 거기서 헤엄쳐 나왔어. 그곳은 빛도 소리
도 없고, 바람도 안 불고 비도 안 와. 정적만이 있
을 뿐이지. 별로 외롭지는 않아. 처음부터 아무것
도 없었으니까. 그냥 천천히 시간이 흐를 뿐이지.
난 두 번 다시 거기로 돌아가진 못할 거야. 언젠가
네가 사라지고 나면 난 길 잃은 조개껍데기처럼
혼자 깊은 해저에서 데굴데굴 굴러다니겠지… 그
것도 그런대로 나쁘진 않아."

〈조제, 호랑이 그리고 물고기들〉을 본 것은 한참 나이가 든
30대 후반이었다. 그런데도 꽂혔다. 조제라는 캐릭터를, 숨을

멈춘 채 응시할 수밖에 없었다. 두 다리를 쓰지 못하는 장애인. 그녀를 키워 준 할머니는 조제가 '망가졌다'고 말한다. 망가진 조제를 보여주기 싫어서, 사람과 만나게 하기 싫어서, 아무도 없는 새벽에만 조제를 유모차에 태우고 나와 세상을 보여준다. 조제가 만난 진짜 세상은 그것뿐이었다. 할머니가 주워온 책만으로 세상을 배웠던 조제, 사랑하는 남자를 만나면 함께 세상에서 가장 무서운 호랑이를 보러 갈 거라고 말하는 조제. 〈조제, 호랑이 그리고 물고기들〉을 보면서 '아무것도 없었던 곳'을 떠올렸다. 오래전, 내가 있었던 곳.

　운명이란 아마도 존재할 것이라고 믿는다. 그렇게 믿어야만 했다. 국민학교 5학년이 되자 언젠가부터 말이 나오지 않기 시작했다. 더듬더듬하며 간신히 터져 나오거나 아예 얼굴만 붉히며 말하지 못했다. 심했다. 가게에서 물건을 사는 것도 힘들었다. 원하는 물건이 눈에 띄면 손가락으로 가리키거나 '저거요'라고 겨우 말할 수는 있었지만, 보이지 않으면 길게 말을 해야만 했다. 하지만 할 수가 없었다. 겨우 더듬거리며 말하고 물건을 받아 나오며, 죽고 싶었다. 학교에서 선생이 질문을 해도 답할 수가 없었다. 말을 하지 않고 있으면 '몰라?'라는 질문이 날아왔고, 나는 고개를 끄덕였다. 차라리 맞는 게 나았다. 그것밖에 할 수 없었다.

이유는 몰랐다. 전학을 간 것 때문일 수도 있다. 적응을 잘하지 못해서. 하지만 전학은 이미 3학년 때에도 한 번 했었다. 종암동에서 처음 봉천동으로 이사를 하여서 봉천국민학교에 전학을 갔다. 전학 간 지 일주일 만에 반장 선거를 했는데 부반장으로 뽑혔다. 잘 기억이 나지는 않지만 아마도 그때의 나는 무척이나 자신만만했던 것 같다. 낯선 곳에서도 별로 주눅이 들지 않고 내가 원하는 것이나 필요로 하는 것을 드러낼 수 있는 아이였던 것 같다. 2년 뒤, 봉천동에서 다시 버스로 두어 정거장 정도 되는 집으로 이사를 하였는데, 바로 옆에 원당국민학교가 있었다. 다시 전학을 가지 않는다면 버스로 통학해야만 하는 상황이었다. 다시 전학을 했다. 그리고 모든 것이 변했다.

어쩌면 5학년의 담임 때문일 수도 있다. 미술을 전공했던 담임은 모두에게 미술을 강요했다. 전국 학교를 대상으로 하는 대회에서 전체상을 받기 위해서 그림을 못 그리는 아이들을 수업이 끝난 후에 남아 그리게 했다. 자신이 원하는 대로, 자신이 만족할 때까지. 이미 1학기가 한참 시작된 후에 갔기 때문에, 나는 그가 가르친 미술의 기본을 알지 못했다. 구도를 어떻게 잡는지, 채색을 어떻게 하는지 등등. 그래서 수업이 끝난 후에 남아 그림을 그려야만 하는 학생들 틈에 끼어 있었다. 하지만 그것만이라 보기는 어렵다. 나중에는 어느 정도 그림을 잘 그리게 되어 교실 뒤 게시판에 붙여 놓기도 했으니까. 비록 그 뒤에는 그림 그리는 것을 싫어하게 되었지만, 단지 그것 때문에 말을 더듬은 건 아니라고 생각한다. 대신 획일적인 분위기나 강압적인 명령을 싫어하는 성향은 아마도 그때 형성되지 않았을까 싶다. 자신이 원하는 목표, 규범을 만들어 놓고 그것을 모두에게 집요하게 강요하는 사회, 집단은 싫다, 여전히.

말더듬증을 고치기 위해서 이곳저곳을 드나들었다. 병원에도 가 봤고, 웅변학원도 다녀봤고, 복식호흡을 하는 학원도 있었다. 하지만 소용없었다. 일시적인 현상이 아니었고, 나는 가게에서 물건 하나 제대로 못 사는 인간이 되었다. 나는 세상에서 가장 열등한 인간이 되었다. 이 세상의 누구나 할 수 있는 일. 공부를 못한다거나 키가 작다거나 여러 가지 단점이 있는 사람이라도 아주 쉽게 할 수 있는 일. 인간으로서 가장 기본적인 의사소통 수단을 잃어버린 나는, 그 쉬운 일을 할 수가 없었다. 나는 세상의 그 누구보다도 바닥에 있는 한심한 인간이라고 생각했다.

그나마 불행 중 다행이라고 지금 생각하는 것은 책임을 누군가에게, 바깥으로 돌리지 않았다는 점이다. 아무리 생각해봐도, 그건 오로지 나의 책임이었다. 알지 못하는 어떤 이유이건 간에 내가 잘못한 것이었다. 그리고 끊임없이 내가 잘못하고 있었다. 누군가 나에게 강요하지 않았고, 누가 나에게 상처를 준 것도 아니었다. 그저, 어느 날 갑자기 나는 말을 하지 못하게 되었을 뿐이다. 그건 오로지 내 잘못이었고, 나의 능력 부족이었다. 무엇을 잘못했는지는 정확히 모르겠지만 책임은 나에게 있었다. 지금도 역시.

혼란스러웠다. 세상은 전혀 변하지 않았는데, 나는 지상에서 벼랑 끝 아래로 내던져진 느낌이었다. 다들 저 위에 있는데 나는 혼자 바닥에 있었다. 조제의 할머니가 말한 것처럼, 망가져 버린 채로 아무것도 하지 못하고 누워 있었다. 한참 나이가 든 후에는, 츠네오를 만난 조제처럼 '그것도 그런대로 나쁘지 않아'라고 말할 수도 있게 되었다. 원작의 조제는 츠네오와 헤어진 이후의 이야기가 나오지 않지만, 영화에서는 그다음 이야기를 보여준다. 조제는 살아간다. 혼자서도 꿋꿋하게 살아간다. 여전히 조제는 고장 난 상태 그대로이지만, 살아간다. 전동 휠체어를 타고 밖으로 나가 사람들을 만나면서 일상을 영위한다. 그럴 수 있다. 츠네오를 만난 조제처럼, 호랑이를 보고 난 후에는. 그러나 그 시절에는 그저 암흑뿐이었다. 비조차 오지 않는 컴컴한 바닷속. 거기에 어느 정도 익숙해지기 전까지는 그야말로 카오스 자체였다. 어떻게 해야 될지도 모르겠고, 무엇을 해야 하는지도 몰랐다. 우왕좌왕하면서 아무것도 하지 못했다. 아무것도 없었다.

가상의 세계에 빠지다

아이디어회관 SF문고

'킬링타임'이란 단어는 약간 비하하는 의미다. 아, 그거 킬링타임 용이야. 별다른 의미나 감동도 없고, 그저 시간을 때우는 의미밖에 없다는 정도. 나는 킬링 타임을 너무나 좋아한다. 영화나 소설이나, 그것을 보는 동안 아무 생각도 들지 않을 정도로 푹 빠질 수 있는 작품을 좋아한다. 보고 나서 아무 의미 없어도 좋다. 배우는 것도, 감동도 없어도 좋다. 그 시간 동안만큼은 다른 세계에 가 있을 수 있다면.

이를테면 이런 거다. 〈씨네21〉초창기에는 가뜩이나 기자가 적었는데, 도중에 누가 그만두면 바로 충원이 되지도 않았다. 주간지를 기자 5, 6명이 만들어야 할 때도 있었다. 일, 일, 일이었다. 몸도 머리도 완전히 방전 상태가 되어 집에 돌아오면, 그야말로 아무것도 하기가 싫었다. 그런데 잠도 오지 않는다. 머리가 멍한 상태로, 하지만 여전히 멈추지 않고 맴돌고 있었다. 그럴 때 TV를 틀고 버라이어티 프로그램을 봤다. 아무것도 생각하지 않고, 그들의 바보짓에, 헛소동에 깔깔 웃기를 원했다. 그 시간만은 세상의 모든 것을 잊어버리고 싶었다. 세상의 시름을 잊어버리기 위해서는, 이 세상과는 전혀 다른 무엇이 필요했다. 다른 세계가.

정확하게 몇 학년 때였는지는 기억나지 않는다. 국민학교 4학년이나 5학년이었을 것이다. 어린이날이었고, 노량진의 약간 큰 서점에 가서 선물로 아이디어회관 SF문고 20권인가, 30권인가를 한꺼번에 샀다. 자료를 찾아보니 아이디어회관 SF문고가 처음 발간된 것은 1971년이라고 하는데, 내가 만난 것은 76년이나 77년이었을 것이다. 한국 작가의 것도 포함하여 총 60권이었는데, 처음 샀을 때는 다 나오지도 않았다.

SF라는 단어를 공식적으로 쓰기 시작한 휴고 건즈백의 『27세기의 발명왕』이 1권이었고 H.G. 웰즈의 『우주전쟁』, 마크 트웨인의 『아서왕을 만난 사람』, 아서 코난 도일의 『공룡 세계의 탐험』, 에드가 버로우즈의 『화성의 존 카터』, 줄 베르느의 『지저 탐험』, 아이작 아시모프의 『강철도시』, 로버트 하인라인의 『초인부대』, 아서 클라크의 『우주 스테이션』 등 SF의 고전부터 영화 〈에이리언〉의 원작인 『비글호의 모험』『불사판매주식회사』『추락한 달』『걷는 식물 트리피드』『백설의 공포』『시간초특급』『합성인간』 등등 상상할 수 있는, 아니 상상조차 할 수 없었던 온갖 이야기들을 아이디어회관 SF 문고를 통해 만날 수 있었다. 화성에 가서 영웅이 되고, 살아 있는 공룡을 만나고, 우주나 지저 세계 등 낯선 곳을 탐험하고, 초인들이 대결을 벌이거나 로봇과 친구가 되고, 자연의 일부인 눈이나 식물과 싸우기도 하는 등등.

나중에 듣기로는 일본에서 나온 어린이용 SF 문고의 일부를 가져와서 삽화까지 그대로 실어서 만들었다고 한다. 서로 관계없는 문고였기 때문에 표지와 내지의 삽화는 두 가지 그림체가 뒤섞여 있었다. 한국 작가들의 SF는 국내 삽화가가 그렸기에 또 달랐다. 상관없었다. 아동용으로 축약된 버전이었고, 일본어로 번역된 걸 다시 한국어로 번역된 중역이었지만 그 역시 상관없었다. 다른 세상의 이야기를 들을 수 있는 것만으로도 충분했다.

거대한 유성우가 떨어진다는 예보가 있었다. 사람들은 비가 내리는 것처럼 쏟아지는 유성을 보며 소원을 빌고, 건배했다. 다음 날, 유성을 눈으로 본 사람들은 모두 눈이 멀었다. 일부 사람들만이 멀쩡했다. 실연을 당해 낮부터 폭음하고 곯아떨어졌던 사람, 일에 몰두하여 무슨 일이 있는지도 몰랐던 사람 등등. 소란이 일어나고, 우리가 알던 세상이 끝나버린다. 그리고 눈먼 자들은 앞이 보이는 사람을 붙잡아 묶어두고 노예처럼 부린다. 그렇게 문명이 망하고, 유전공학으로 탄생한 식인 식물인 트리피드가 사람을 공격하게 된다. 〈혹성탈출〉〈매드 맥스2〉 같은 종말 이후의 세계를 그린 영화들을 만나기 전, 내가 구체적으로 처음 만난 아포칼립스의 세계는 〈걷는 식물 트리피드〉였던 것 같다.

내가 알고 있는 세계의 모든 것이 변해버린 세계, 아예 시작과 근본부터 다른 세계를 만나는 것은 경이로웠다. SF에서 가장 중요한 경이로움이다. 아이디어회관의 SF를 읽으면서, 그런 경이로움을 매 순간 느낄 수 있었다. 어쩌면 그것은 열등감 때문일 수도 있다. 나에게 현실의 세계는 도저히 이겨낼 수 없는 시공간이었다. 이미 난 패배자였고 밑바닥에 있었다. 무엇인가 송두리째 변하지 않는 한, 모든 조건이 바뀌지 않는 한 나에게는 희망이 없었다. 그래서 '다른' 세계를 간절하게 원했던 것일 수도 있다. 애니메이션 〈신세기 에반게리온〉의 신지가 말하듯 '모두 죽어버리면 좋을 텐데'라고. 하지만 다 함께 죽어버리자는 저주는 단지 중2병의 한숨만으로 한정되지는 않는다.

구로사와 기요시의 영화 〈절규〉에는, 정신병원에 갇혀 죽어간 여인의 귀신이 나온다. 그녀는 매일 같이 창밖으로, 배를 타고 도심으로 가는 사람들을 보고 있었다. 저 사람들은 저렇게 열심히, 행복하게 살아가고 있는데 나는 모두에게, 세상에게 버림받고 죽었다. 그래서 죽은 그녀는 저주를 퍼붓는다. 나는 죽었으니, 당신들도 죽어 주세요, 라고. 이 세계의 법칙 안에서 존재하는 한, 말을 더듬는 나만이 아니라 잊힌 모든 존재에게는 역전의 기회가 없다고 생각했다. 이미 모든 것이 결정되어 있는, 완성된 시스템이 구축된 세상은 너무 견고하다. 그래서 헛된 꿈을 꾸기도 한다. 허황하지만 간절한 꿈을.

그러나 단지 그것뿐이라면 가상의 세계에 빠져드는 이유로는 너무 초라하다. 그건 마음을 바꾸기만 하면 되는 것 아닌가. 그 역시 무척이나 힘든 일이지만, 그래도 가능한 일이다. 현실을 잊기 위해서 도망치는 것. 가끔은 필요하지만 그것이 생의 규칙이 될 수는 없었다. 내가 가상의 세계에 몰두하게 된 것은, 단지 패배감 때문만은 아니었다. 그즈음에 만났던 영화들로는 〈킹콩〉〈신밧드의 모험—호랑이 눈깔〉〈슈퍼맨〉 등이 있었다. 대부분 광화문 네거리에 있던 국제극장에서 보았고, 볼 때마다 빨려 들어갔다. 그건 도망치는 것이 아니었다. 눈앞에서 펼쳐지는, 거대한 스펙터클은 어떤 꿈보다도 황홀했다. 극장을 나왔을 때, 꿈에서 깨어나 만나는 현실이 슬프기는커녕 그 꿈을 기억하고 되새길 수 있다는 것이 너무나 행복했다. 눈앞의 현실에서 도망치는 것이 아니라 그럼에도 불구하고 몽상을 즐기면서 걸어갈 수 있었다. 뭐 어떤가. 그것만으로라도 잠시 행복해지면 되는 것을.

강한 것은 아름답다

이소룡, 성룡 그리고 이연걸

유하의 〈말죽거리 잔혹사〉에서 소년은 쌍절곤을 돌린다. 권상우였다. 강남이 막 개발되기 시작할 즈음, 그 시절의 학교는 폭력이 지배했다. 단지 한두 명의 폭력이 아니라 선도부와 선생까지 결탁하여 구조적인 폭력이 자행되고 있었다. 그 때 개인이 택할 수 있는 하나의 방법은 폭력이다. 그의 영웅은 이소룡이다. 이소룡의 영화에 반하고, 그의 사진을 방에 붙여 두고, 쌍절곤을 배우고 학교에도 가지고 간다. 그것이야 말로 그를 지켜주는 유일한 신앙이다. 〈말죽거리 잔혹사〉는

짜릿하다. 욕을 퍼부어대며 학교의 유리창을 깨부수는 장면
은, 그 시절 학교에 다녔던 학생이라면 한번쯤은 상상했을 판
타지다. 선생에게 두들겨 맞는 건 일상이었던 시절이다. 〈말
죽거리 잔혹사〉의 마지막 장면에서 학원을 다니던 주인공은
친구를 만난다. 함께 이소룡에 열광했던 그는 이미 〈취권〉의
성룡에 푹 빠져 있다. 비극적인 영웅 이소룡에서 코믹 쿵푸의
달인 성룡으로 시대가 바뀐 것에, 씁쓸함이 느껴진다.

나 역시 성룡 세대였다. 이소룡의 〈용쟁호투〉가 국내에 개
봉한 것은 1973년이었다. 그 영화를 극장에서 보기에는 너무
어렸다. 이소룡의 영화를 극장에서 처음 본 것은 1978년 〈사
망유희〉였다. 스카라 극장에서, 노란색 트레이닝복을 입은
이소룡을 만났다. TV에서는 이미 보았던 이소룡이지만 커다
란 스크린으로 보는 이소룡은 상상 이상으로 멋있었다. 하지
만 빠져들 정도까지는 아니었다. 이소룡은 물론이고 이전의
장철과 호금전의 무협영화 역시 나에게는 '당대'가 아니었다.
〈사망유희〉의 이소룡이 멋있다고는 생각했지만, 바로 다음
해인 1979년에 〈취권〉이 개봉했다. 이소룡의 후계자로 키워

졌던 성룡이 영웅의 그늘에서 벗어나는 과정은 꽤나 힘들었지만, 나에게는 이소룡에서 성룡까지가 순식간의 일이었다. 〈취권〉 그리고 먼저 만들어졌지만 국내에는 늦게 개봉한 〈사형도수〉〈소권괴초〉 등 코믹 쿵푸영화는 당대를 사로잡았다. 나도 마찬가지였다. 그럴 수밖에 없는 게, 일단 재미있으니까. 성룡이 '명절 영화'로 극장가만이 아니라 TV까지 사로잡은 것은 그 정도로 재미있었고, 남녀노소를 가리지 않고 모두 즐거워할 요소가 가득했기 때문이다.

성룡도 이소룡의 뒤를 이어 미국 진출을 시도했다. 할리우드도 이소룡을 대체할 새로운 쿵푸 영웅을 원했다. 하지만 주연을 맡은 〈배틀 크리크〉가 실패했고, 〈캐논볼 런〉에 조연으로 출연한 것도 별다른 반응을 얻지 못했다. 서양인들이 원한 쿵푸 영웅은 절대적으로 강한 남자였다. 1970년대 포르노 스타의 일대기를 그린 영화 〈부기 나이트〉에서도 이소룡은 10대 서양 남자애들의 우상으로 등장한다. 인종차별이 심했던 그 시절 동양인인 이소룡이 영웅으로 추앙받을 수 있었던 것은, 서양인들이 보기에도 절대적으로 강했기 때문이다. 〈맹

롱과강〉에서 척 노리스와 싸우고, 〈용쟁호투〉에서 007시리즈를 연상케 하는 환상적인 모험을 벌이면서 서양인을 때려눕히는 이소룡은 강했다. 주먹은 한 방으로도 KO를 시킬 수 있을 정도로 빠르고 강력했다. 발차기는 그 이상이었다. 강해지기를 원하는 동서양의 남자애들에게 이소룡은 절대적일 수밖에 없었다. 총이나 칼 없이 오로지 몸 하나로 최강의 자리에 오른 남자.

성룡은 약했다. 〈취권〉과 〈사형도수〉에서 성룡은 고된 훈련을 통해서 강해진다. 하지만 마지막 대결에서도 악당에게 수없이 맞다가 겨우 역전의 기회를 잡아서, 새로운 기술을 이용하여 천신만고 끝에 때려눕힌다. 코미디와 액션의 조화가 훌륭했기에 아시아에서는 최고의 인기를 누렸지만, 서양에서는 동의하지 않았다. 그것은 절대적인 강함이 아니라 악전고투 끝에 승부를 내는 끈기였다. 일본식으로 한다면 근성. 성룡이 아무리 강하게 상대방을 때려도 서양인들이 보기에는 약했다. 맞다가 겨우 승부를 내는 성룡의 스타일을 전혀 좋아하지 않았다.

쓸쓸하게 홍콩으로 돌아온 성룡은 이소룡의 아류가 아닌 자신만의 영화를 만들기로 했다. 홍금보, 원표와 함께 경극단에서 어린 시절을 보낸 성룡은 뛰어난 무술가가 아니었다. 갖가지 무술과 곡예를 익히고, 다양한 테크닉과 장치를 활용하여 멋진 공연을 하는 아티스트였다. 그것을 자신의 무기로 삼았다. 〈프로젝트 A〉 〈용형호제〉 〈폴리스 스토리〉 등은 기존의 무협영화나 이소룡의 쿵푸영화와는 전혀 다른 스타일의 홍콩 액션영화였다. 아크로바틱한 액션을 주무기로 하면서 웃음과 감동을 함께 끌어낼 수 있는 가족영화. 이소룡과 다른 길로 간 성룡은 다시 할리우드에 가서 성공을 거두었다. 물론 세상에서 가장 강한 남자가 아니라 세상에서 가장 재빠르고 신기한 액션을 보이는 남자로서의 성공.

나의 어린 시절을 함께 한 최고의 무술 배우는 당연히 성룡이다. 하지만 나는 성룡에게 확 빠지지는 못했다. 그의 영화는 언제나 재미있고 최상의 오락이었지만 그 이상은 아니었다. 성룡은 인간적이었고 따뜻했지만 내가 따를만한 남자는 아니었다. 무술로만 본다면, 성룡보다는 오히려 할리우드의

〈형사 니코〉〈언더 시즈〉에 나온 스티븐 시걸이 나왔다. 장 끌로드 반담은 호쾌하지만 단순해서 번외였다. 일본의 고무술을 배웠다는 스티븐 시걸은 상대가 공격하면 그 힘을 이용하여 집어 던지고 꺾고 부러뜨렸다. 손기술을 현란하게 사용하며 상대를 압도했다. 거의 한 대도 맞지 않고 완벽하게 상대를 제압한다. 그게 비현실적이라기보다는 스티븐 시걸의 강함을 보여주는 것으로 느껴졌다. 영화에서 보이는 것만으로도, 스티븐 시걸의 무술은 충분히 강해 보였다. 다만 시걸은 경박해 보였다. 강한 것은 매혹적이었지만 배우 자체에 끌리지는 않았다.

그리고 이연걸을 만났다. 〈소림사〉도 보았고, 〈동방불패〉도 보았다. 멋있었다. 중국의 무술대회에서 우승한 이력답게 이연걸의 액션은 정확하면서도 화려했다. 하지만 〈황비홍〉이 없었다면 내가 이연걸을 그리 좋아할 수 있었을까? 서극이 만든 〈황비홍〉은 실존 인물의 이야기다. 일본과 서구 열강이 중국을 파먹고 들어갈 때 실존했던 영웅. 혼란기에는 무술인의 자존심을 버리고 오로지 강함만을 추구하는 사람도 있었고, 돈이나 관직을 바라며 서구와 일본에 붙어먹는 사람도 있었다. 황비홍은 자신의 도장을 지키면서, 자신이 가야 할 길을 필사적으로 찾는다. 맨몸으로 싸운다면 황비홍은 천하무적이다. 하지만 대포와 폭약이라면 황비홍의 무술은 소용이 없다. 총 한 방은 피할 수 있지만 기관총이나 수많은 총구가 동시에 노리고 있다면 피할 수도, 막아낼 수도 없다. 뛰어난 과학기술 앞에서 중국의 전통적인 '강함'은 맥을 못 추고 있다. 최악의 상황에서도 황비홍은 자신의 자리를 지킨다. 지금 할 수 있는 일을 한다. 피하지 않으면서, 자신(중국)의 약함이 어디에서 기인하는지를 찾아가면서 싸운다. 부드러우면서도 강함을 추구한다. 강하지만 지금 모든 것을 취하려 하지 않는다. 나는 〈황비홍〉을 보면서 그의 인품이나 강함이 아니라, 그의 태도에 반했다. 상대를 인정하고, 자신의 강함을 맹신하지 않는 것. 이길 수는 있지만, 굳이 이기려 하지 않는 것. 그것을 보고 싶어 극장에 가고 또 갔다. DVD로도 수없이 봤다. 그렇게 강해지고 싶었다.

가끔은 생각해본다. 사춘기 시절에 〈황비홍〉을 보았다면 어땠을까. 그 시절의 나는 약했다. 약해빠졌다. 그런데 어떻게 해야 할지를 몰랐다. 강해지는 게 방법인지도 잘 몰랐다. 강해지고 싶다고 생각은 했지만 또 한편으로는 그게 답이 아니라는 생각도 했다. 어쩌면 그럴 수도 있겠다. 몸을 단련하고 무술을 배워 강해지면, 자신감도 생기면서 말더듬증도 고쳤을 수 있다. 하지만 아니라면? 강해졌는데 여전히 나는 말을 못 하고 있다면? 그렇다면 더 뒤틀릴 수도 있지 않았을까? 미이케 다카시가 영화화한, 야마모토 히데오의 만화『고로시야이치』(이치 더 킬러)의 주인공은 자신의 약함을 극복하기 위해 강해지고, 최고의 킬러가 되었지만 여전히 유약하다. 그래서 엉뚱한 사람을 죽이기도 하고, 오히려 극악한 결과를 가져오기도 한다. 단지 강한 것만으로는, 아무것도 해결되지 않는다.

그걸 그 시절에 알았던 것은 아니다. 오히려, 그 시절에 그렇게라도 강해졌다면 아마도 꽤 도움이 되었을 것이라고 생각한다. 말더듬증이 시작되면서 나는 아무것도 하지 않았다. 아무것도 할 수가 없었다. 중학교 때에는 그야말로 혼란 자체라서, 갑자기 닥친 상황을 어떻게 받아들여야 할지 알 수가 없어서 우왕좌왕했을 뿐이다. 차라리 몸이라도 단련했다면 조금 더 단순하게 '사실'을 받아들였을 수도 있지 않을까. 그랬다면 나는 조금 더 빨리 세상을 받아들였을지도 모른다. 물론 모든 것은 그저 가정일 뿐이고, 그런 과거는 존재할 수 없다는 것도 잘 알고 있다. 지금도 어리석은데, 그 시절은 더욱더 어리석었고 무엇보다 어렸다. 감당하기 어려운 '재난'을 맞아서 그저 소리 없는 비명만 지르고 있었을 뿐이다. 그래서 아무런 과정도, 목적도 모른 채 강해지고 싶었을 뿐이다. 아니 강해지고 싶다는 생각조차 하지 못한 채, 강함을 바라보고 있었다.

폭력에 빠져들다

동서추리문고와 모음사

셜록 홈즈와 아르센 뤼팽. 어린 시절 누구나 한 번쯤은 읽어보고, 그들의 모험과 영민함에 감탄하게 된다. 그리고는 어른이 되면서 대개는 잊어버린다. 기묘한 사건의 수수께끼를 푸는 것은 현실에서 거의 쓸모가 없으니까. 나 역시 트릭 자체에 몰두하는 것은 그리 좋아하지 않았다. 신기하고 재미있었지만 그것뿐이었다. 홈즈 이후 추리소설 읽기의 정석 코스인 아가사 크리스티와 엘러리 퀸을 만난 것은 동서추리문고를 통해서였다. 자주 들르던 동네 서점에는 사각형의 기둥처럼 만든 책꽂이에 동서추리문고가 가득 꽂혀 있었다. 용돈으로 사는 책이니 신중했다. 제목을 보고, 뒤표지에 적힌 줄거리 요약을 보고 결정했다. 나중에는 일부 책 뒤에 실린 전체 목록을 보고, 그 안에서 체크를 하며 읽고 싶은 책을 골랐다.

추리문고이기는 했지만 SF도 있었다. 프레데릭 브라운의 『미래에서 온 사나이』, 레이 브래드버리의 『화성연대기』, 알프레드 베스터의 『타이거 타이거』 등등. SF의 수가 많지 않아 굳이 고를 필요도 없이 다 읽고 싶었다. 하지만 미스터리를 고르면서는 특정한 취향으로 흘러가기 시작했다. 『지푸라기 여자』, 『야수는 죽어야 한다』, 『악마 같은 여자』, 『피의 수확』 같은 하드보일드한 범죄소설에 더욱 끌리게 되었다. 기발한 상황이나 복잡한 미스터리를 풀어가는 것보다 사건을 둘러싼 그들의 마음을 들여다보는 것이 더욱 흥미로웠다.

나는 알고 싶었다. 그들의 마음을. 그들은 왜 누군가를 죽이려 하는 것인지, 그 마음이 어디에서 생겨나 어떻게 현실로 옮겨지는지를 알고 싶었다. 그 시절의 내 마음이 그랬으니까. 나는 죽이고 싶었다. 흔히 아이들은 잔인하다고 말한다. 자신의 말과 행동이 상대에게 어떤 상처를 안겨주는지 알지 못하기에, 헤아릴 수 없기에 쉽게 폭력을 휘두른다. 주눅이 들어 있었지만 그래도 많이 싸웠다. 조롱하고 시비를 거는 아이들에게 대들었다. 그것밖에 할 게 없었으니까. 하지만 얼마 안 가 알게 되었다. 그래 봐야 아무 소용없다는 것을. 고등학교 2학년이 되기 전까지 내 키는 앞에서 세는 것이 빨랐고 체격도 왜소했다. 내가 힘으로 이길 수 있는 아이들은 극소수였다. 싸워봤자 서로 씩씩거리다가 친구들이 떼어놓는 정도였다. 뒤에 앉은 큰 애들한테는 아예 말조차 걸기 힘들었고.

봉천동은 못 사는 동네였다. 집에서 언덕길을 올라가다 보면 판잣집이 다닥다닥 붙어 있었다. 전형적인 달동네에서 조금씩 개발이 되어 가던 동네. 학교 분위기는 거칠 수밖에 없었다. 시험 때 답을 보여주지 않았다며 휘두른 의자에 맞아 머리가 터진 아이도 있었다. 지금처럼 조직적으로 돈을 뜯어내거나 괴롭힘을 가하는 일이 없었던 시대라 그나마 다행이었는지도 모른다, 혹은 정반대로 일찌감치 뭔가에 의존하려

했을 수도 있겠다. 직접적인 폭력이나 자해나 중독 같은 것들. 하지만 그 시절의 중학생들은 의외로 순진한 구석이 있었다. 분명히 그랬다. 그건 봉천동이라는 지역적 특성일 수도 있다. 지금도 여전히 뒤처진, 약삭빠르지 못한 동네.

그리 직접적인 것은 아니었다. 그것이 살의인지도 정확히 알지 못했다. 그 시절을 생각하면 안개처럼 뿌옇다. 느낌이 아니라 실제로 그랬다. 중학교 때 눈 위로 뭔가 먼지, 연기 같은 것이 떠다니는 것이 보였다. 안과에 가서 검사를 받아보니, 별거 아니라고 시력이 아주 나쁘면 나타날 수 있는 현상이라고 했다. 변한 건 없었다. 별것 아닌데, 정상인데 내 눈에는 이상한 게 떠다니고 있었다. 이유도 모르는데, 나는 말을 할 수 없었다. 감정도 그랬다. 이것이 화를 내야 하는 상황인지 알 수 없었다. 내 감정이 상한 것은 맞는데, 하지만 그건 내가 말을 못하니까 그런 거잖아. 안다. 아는데 억울하고, 억울한데 할 수 있는 건 없었다. 방법을 알 수 없었다. 그래서 책만 읽었다. 영화를 보고, 음악을 들었다. 할 수 있는 게 아무것도 없어서, 세상에 필요가 없는 것들로 도망쳤다.

공부를 해 봐야, 지금의 나로서는 아무것도 할 수 없을 것임을 예감했으니까 공부는 하지 않았다.

동서추리문고는 꽤 수준이 높은 시리즈였다. 미스터리의 고전과 하드보일드 걸작, 첩보물과 모험소설, SF까지 고루 있었다. 그런데 중학교 2학년쯤에, 광화문의 덕수제과(그 시절에 중고생 미팅 장소로 유명했던) 옆에 있던 대형 서점(교보가 생기기 훨씬 전에 있던)에서 흥미로운 시리즈를 발견했다. 『디스트로이어』『닌자 마스터』『차퍼』등 제목만으로도 싸구려 느낌이 드는 액션 스릴러물이었다. 『디스트로이어』는 폭력조직에게 가족을 잃고 복수하는 남자의 이야기다. 마블 코믹스의 초능력 없는 슈퍼히어로 퍼니셔도 비슷한 설정이고, 이런 막장 복수극의 걸작으로는 〈맨 온 파이어〉로 영화화된 A. J. 퀸넬의 『크리시』가 있다. 『디스트로이어』는 막장 복수극 중에서도 오로지 오락만을 추구한 소설이다. 죽이고, 또 죽이고, 도중에 만나거나 악당에게서 구해준 여자와 섹스하고 다시 떠나고. 다른 것들도 비슷했다. 주인공은 엄청난 살인 기술을 소유한 능력자이고 닥치는 대로 죽인다. 뻔하디뻔한 액션 스릴러. 나는 그 책들을 하나씩 사서 읽었다. 걸작 미스터리도 좋았지만, 싸구려 쾌감에도 나는 기꺼이 끌려들어 갔다. 의미는 중요하지만, 어떤 의미에서 벗어나 폭주하는 쾌락이 무엇인지 그 때 느꼈다. 그것들을 읽는 순간은 잊을 수 있으니까. 현실의 내가 어떤 존재, 얼마나 보잘것없는 존재인지를 외면할 수 있었으니까.

의도적으로 나는 인생의 가치를 외면하고 싶어 했다. 내가 세상을 제대로 살아갈 수 없다면, 아예 거부하겠다고 내심 생각했던 것 같다. 그래서 인생에서 필요한 것은 아무것도 하지 않겠다고, 의미를 어디에도 부여하지 않겠다고 생각했다. 팝송을 들으면서도 일부러 단 한 번도 해석해보지 않았다. 반드시 읽어야 한다는 고전을 기피했다. 학교에서 읽으라는 책, 고전들은 거들떠보지도 않았다. 어차피 나는 아무것도 못하는 인간이니 그런 것은 필요 없다고. 그런 것은 인생을 잘 살아내기 위한 수단이고 방법이니까, 나 같은 고장 난 인간에게는 필요 없다고 도피했다. 그래서 아무 의미 없는 킬링타임에 나는 오히려 빠져들었다. 공부도 하지 않았고, 오로지 책과 영화, 음악에만 몰두했다. 거기에서 뭔가 배우려는 생각이 아니라, 아무것도 배우지 않고 오로지 도피하겠다는 일념이었다.

도피처로 가장 좋은 것은 가상의 폭력이었다. 부숴버리고 싶은 욕망들, 복수하고 싶다는 욕망을 그 순간만은 달래줄 수 있었으니까. 그런 걸 보고 현실에서 해보고 싶다는 욕망은 전혀 일어나지 않았고, 대신 그 순간만은 부글부글 끓어오르는 분노를 잠재울 수 있었다. 해결할 수는 없지만 한동안은 잠잠했다. 현실의 폭력을 가져오는 것은 모방이 아니라, 마음속의 욕망이 더 이상 갈 곳을 잃어버렸을 때다. 내가 아닌 누군가에게 원인을 돌리고, 누군가를 공격하는 것으로 욕망을 달래고 싶을 때가 가장 위험하다는 것을 그때 알았다. 밀도 깊은 범죄소설도, 싸구려 액션 스릴러도, 김성종의 『여명의 눈동자』도 그런 점에서 나에게는 무척이나 유용했다. 다행이었다.

아무도 없는 세계를 꿈꾸다

레이 브래드버리 『화성연대기』, 뤽 베송의 〈그랑 블루〉

　동서추리문고를 통해서 레이 브래드버리의 『화성연대기』를
처음 읽었다. 연작으로 이어지는 『화성연대기』는 처음으로
화성에 간 우주비행사들이 자신의 추억을 만나는 이야기로
시작한다. 그들의 기억을 읽어낸 화성인이 그들의 가장 소중
한 추억을 가상의 이미지로 만들어 환상에 빠져들게 하는 것
이다. 원래의 목적을 잊어버리고 환상에 빠져들게 하기 위해
서. 이후 〈솔라리스〉 〈컨택트〉를 비롯한 많은 SF에서 변주한
설정을 이 소설에서 처음 만났다. 우주비행사들이 환상에 빠

져 임무를 포기하면서 화성인의 승리로 끝나는가 싶더니, 다음 이야기에서는 멸망한 화성인들에 관해 이야기한다. 스페인군이 옮긴 전염병으로 몰락한 잉카 제국처럼 화성인이 멸종한 후 '죽음의 별'이 된 화성에 대해서.

화성인이 사라진 화성에 이주한 사람들의 갖가지 이야기를 보여주더니만 다시 사람들(지구인)이 사라진 텅 빈 화성을 보여준다. 지구에서 전쟁이 벌어지자 지구에서 온 '화성인'들은 고향으로 돌아가 참전한다. 홀로 남은 남자는 비어버린 화성의 도시를 전전하며 누군가를 찾아 헤맨다. 혹시 남은 누군가가 없을까. 그리고 다시 시간이 흐른다. 화성이라는 행성의 연대기는 백 년, 천 년의 시간을 훌쩍 뛰어넘는다. 우리가 살아가는 지구도, 눈에 보이는 수많은 별도 만 년, 수십만 년, 수백만 년을 넘어 영겁의 시간까지 거슬러 올라간다. 지구의 바다에는 지구가 태어나기도 전에 만들어진 다른 별의 물질이 남아 있다고 한다. 영원한 우주를 통과하여 지구에 도착한 태고 이전의 물질. 〈화성연대기〉를 보며, 나는 영원을 생각했다. 나의 영원이 아니라 내가 사라져도 아무 상관 없을 이곳, 우주의 영원을. 나는 아무것도 아닌 존재라고, 생각했다. 그걸 〈화성연대기〉를 통해 확인받았다.

　나는 언제나 녹색보다는 파랑에 이끌렸다. 산보다는 바다. 바다에 가면, 아무것도 하지 않고 바다만 바라보며 몇 시간을 보낼 수 있었다. 밀려오는 파도, 돌아가는 파도를 보며 모든 생각을 하면서, 아무 생각도 하지 않을 수 있었다. 아주 작은 나, 아무것도 아닌 나를 위로받을 수 있었다. 뤽 베송의 〈그랑 블루〉는 사설 시네마테크에서 처음 보고 다시 극장에서 보고, 비디오로, DVD로 몇 번이나 보았다. 그는 혼자다. 바다에 들어가는 것만이 유일한 즐거움이고, 인생 자체다. 친구도, 연인도 있었지만 그래도 그는 혼자다. 친구와 무산소 잠수 기록 경쟁을 하는 것은 즐거움 때문이다. 이기는 것이 즐거운 게 아니라 같은 곳에서 같은 일을 하고 있다는 것이 즐겁다. 그를 이해해주는 여인과 결혼한 것도 마찬가지다. 세상에는 좋은 사람들이 있고, 어울리는 것도 좋고 즐겁다.

　하지만 그렇다고 그가, 인간이 혼자라는 사실이 변하는 것은 아니다. 그는 다시 바닷속으로 돌아간다. 아무도 없는 곳, 하지만 그가 그일 수 있는 유일한 곳. 〈그랑 블루〉는 프랑스 판과 미국판 등 여러 편집본이 있었다. 내가 본 〈그랑 블루〉도 러닝타임과 마지막 장면이 제각각이었다. 가장 좋았던 마지막 장면은, 홀로 심해에 들어간 그가 멀리서 다가오는 돌고래에게 손을 뻗는 모습이었다. 그건 낙원이나 행복 같은 게 아니었다. 자신의 운명이 무엇인지를 깨달은 그는 홀로 바닷속으로 들어갔다. 말로 설명할 수 없고, 이해할 수도 없지만 손으로 만져 확인하고 싶다. 무엇인지 알 수 없으나 만져보고 경험해 보려는 시도.

중학교 때는 혼자였다. 그 후로도 그랬다. 중학교 2학년 때였던가. 누군가와 싸웠다. 이유는 기억나지 않는다. 싸우고 주변의 친구들이 말리고 욕을 하다 다시 붙으면 말리고의 반복이었던 것 같다. 그러다 들었다. 정확한 말은 기억나지 않지만, 가장 친하다고 생각했던 친구가 나를 비난했다. 그럴 만도 하다. 적당히 싸우다 말 것이지 유치하고 치졸하게 계속 엉겨 붙었으니까. 하지만 그 시절의 나는, 얼어붙었다. 그 순

간은 적당히 피하고 내색하지 않았(다고 생각하)지만 점점 그
들과 멀어졌다. 열등감이었다. 나 같은 걸 좋아하거나 필요
로 하는 친구가 있을 것이라고 믿지 않았다. 나도 내가 이렇
게나 싫은데, 누가 나를 좋아할 수 있을까. 동정이나 다른 목
적이라면 더 싫었다. 열등감에 사로잡힌 사람은, 동정을 받
는 게 비난당하거나 학대받는 것보다 더 비참하고 싫다. 그
후로 나는 누군가에게 먼저 다가가지 않았다. 거리를 유지하
고, 멀어지면 절대로 잡지 않았다. 배신당할 것이라는 두려
움, 애초에 나란 인간은 그럴만한 가치가 없다는 열등감. 그
래서 아무것도 원하지 않았다. 그렇게 생각하려 애썼다.

『화성연대기』를 처음 읽었을 때 가장 기억에 남는 이미지
는, 모두가 떠나버린 폐허였다. 남자는 이 도시, 저 도시를
헤매다니며 '사람'을 찾아다닌다. 딱히 여인을 찾는 것도 아니
다. 하지만 결정적인 순간에 그 남자는 망설인다. 누군가를
만난다는 것 역시 두렵다. 그가 원하는 것은, 단지 누군가를
찾아 헤맨다는 자신의 욕망을 만나고 싶은 것이 아닐까. 만남
으로써 욕망이 채워지거나 혹은 실망하는 것이 두려워 끝없

이 폐허를 떠도는 것. 그때는 전혀 그 의미를 알지 못했지만, 어쩐지 그 폐허가 매혹적이었다. 아니 매혹인지조차 감지하지 못하고, 그저 기억에 남았다. 자꾸만 떠올랐다. 아무도 없는 그곳이.

영화라는 판타지

일본 영화잡지 〈스크린〉과 〈로드쇼〉

중학교 2학년, 부산에 가족 여행을 갔다. 서울에서 대학을 다니며 종종 놀러 왔던 친척 형의 집이었다. 정작 친척 형은 서울에 있었고 우리만 남포동, 해운대, 서면 등등을 돌아다녔다. 새로운 경험 세 가지를 했다. 그중에서 제일 사소한 건 서면의 나이트클럽이었다. 대학을 다니던 큰 누나가 친구를 만나, 서면에서 가장 크다는 나이트클럽에 함께 갔다. 이름은 거창하게도 백악관. 그때는 키가 작은 편에 속했으니 누가 봐도 미성년자였지만 성인이 함께 있으니 들여보내 줬던 것 같다. 현란한 조명 아래에서 춤추는 남녀를 처음으로 눈앞에서 보았지만 별다를 건 없었다. 영화 속 풍경을 보는 것만 같았다. 뭔가 내가 속한 세상이 아닌 것 같은.

남포동에 있는 극장에서 〈매드 맥스〉를 봤다. 감독이 누구인지, 배우가 누구인지도 모르고, 헬멧을 쓴 남자와 억세 보이는 자동차 간판만 보고 들어갔다. 서울에서도 볼 수 있는 영화였지만 부산에서도 딱히 할 일은 없었다. 하루는 해운대에서 수영을 했고, 하루는 서면에 갔고, 하루는 광복동과 남포동이었다. 도심에서 청소년이 할 수 있는 건 극장과 서점 구경 정도였다. 표를 사서 들어갔는데 좌석이 지정되어 있지 않았다. 서울의 개봉관은 지정석이었고 재개봉관부터는 들어가 원하는 대로 앉는 것이었다. 재개봉관은 대체로 좌석이 텅텅 비어 있어 별문제가 없었다. 그런데 〈매드 맥스〉는 만원이라 좌석이 없었다. 어쩔 수 없이 구석의 벽에 기대어 영화를 봤다.

자동차 엔진의 거친 굉음이 극장 안에 가득 울려 퍼질 때부터 두근거렸다. 맥스는 착한 남자다. 경찰이지만 소심하고, 친구가 심한 화상을 입었을 때는 그저 도망치고만 싶었다. 가족을 지키려는 마음뿐이다. 하지만 가족을 잃고 복수를 다짐한 순간부터 그는 '매드 맥스'가 된다. 복수였다. 그 시절, 복수는 가장 강렬한 테마였다. 〈매드 맥스〉, 〈데드 위시〉, 〈복수의 립스틱〉 그리고 아주아주 싸구려 영화이지만 강렬한 〈네 무덤에 침을 뱉어라〉 등등. 〈매드 맥스〉를 보고는 감독 조지 밀러, 배우 멜 깁슨의 이름을 기억했다. 영화를 보고 나서, 음악을 들으면서 그걸 만든 사람의 이름을 기억하는 것은 필요했다. 지식을 쌓거나 자랑하기 위해서는 아니었다. 개인적 필요 때문이다. 내가 좋아하는 영화, 소설 등을 만든 사람의 다른 작품을 만나기 위해서. 그 짜릿했던 순간을 다시 경험하기 위해서.

아마도 부산에서 가장 흥미를 느낀 것은 친척 형의 책꽂이였던 것 같다. 이안 플레밍의 007 전집이 있었다. 부산에서 다 읽지 못해 서울까지 빌려왔다. 그리고 일본에서 나온 영화 잡지 〈스크린〉과 〈로드쇼〉를 발견했다. 부산에서는 일본 방송 전파가 잡히기에 〈독수리 오형제〉의 새로운 버전도 봤고, 국제시장에서 갖가지 일본 물건들도 구경했다. 구석진 서점에서 〈스크린〉도 한 권 사왔고.

한국에 〈스크린〉이 나온 것은 1984년이다. 제호와 구성 등은 일본의 〈스크린〉을 거의 그대로 모사했고, 저작권 개념이 없을 때라 기사와 사진도 무단 전재였다. 1970년대에 잠깐 영화잡지가 나왔다고 하지만 보지는 못했다. 영화를 좋아하기에 어릴 때부터 개봉하는 영화들은 거의 다 보았지만, 영화에 대한 정보를 구할 곳은 거의 없었다. 신문에는 영화 기사가 거의 없을 때여서 영화 광고를 보고 상영하는 극장을 확인하는 정도였다. 대중문화를 광범위하게 즐기면서도 싸구려라 폄하하던 시기라 영화, 만화 등을 본격적으로 다루는 잡지는 없었다. 그나마 〈월간 팝송〉 정도였고, 중고생을 위한 잡지인 〈학원〉은 1978년에 종간되었다. '대중문화'라면 사람들은 흔히 〈선데이 서울〉과 스포츠신문을 생각하는 시대였다.

척박한 시대에 만난 일본 영화잡지는 경이로운 신세계였다.

일단 당시에 인기였던 아이돌 스타의 영화와 사진이 풍성했다. 1980년은 브룩 쉴즈의 〈블루 라군〉, 테이텀 오닐과 크리스티 맥니콜의 〈리틀 달링〉이 나온 해다. 테이텀 오닐은 한국에서 거의 인기가 없었지만, 〈페이퍼 문〉의 아역 연기로 출발하여 〈꼴찌 야구단〉 〈서푼짜리 극장〉 등에서 주연을 맡았고 크리스티 맥니콜과 함께 나온 〈리틀 달링〉이 일본에서 대단한 화제를 끌었다. 아역 연기로 각광을 받았던 〈아이 엠 샘〉의 다코타 패닝 같다고나 할까. 그러나 한국에서는 테이텀 오닐은 무명이었고, 〈엔드리스 러브〉의 브룩 쉴즈와 〈리틀 로맨스〉의 다이안 레인, 〈라 붐〉의 소피 마르소, 〈파라다이스〉의 피비 케이츠 등이 인기였다. 당시는 사진에 코팅해서 책받침이나 책갈피를 만드는 것이 유행이었다. 명동의 코스모스 백화점에 가면 아이돌 스타의 사진을 코팅하여 만들어주는 가게가 있었다. 지금 한류 스타들의 사진을 해외 관광객에게 파는 것처럼.

하지만 영화잡지에서 발견한 것은 아이돌이 아니었다. 아이돌은 사진만으로도 얼마든지 만끽할 수 있었다. 그곳에서 처음으로 '영화'라는 매체의 즐거움을 알게 되었다. 일본어는 몰랐다. 하지만 중학교 때부터 신문을 많이 읽었기 때문에, 한자만으로도 대강의 뜻을 파악할 수 있었다. 약간의 줄거리를 파악하고, 영화 스틸을 보고, 다양한 영화에 대한 정보들을 얻을 수 있었다. 지금 영화잡지에 나오는 기획 기사들처럼 당시 유행이었던 브랫 팩의 계보라던가, 조지 루카스와 스티븐 스필버그의 영화세계 같은 것들. 그리고 한국에 개봉되지 않은 많은 영화의 제목과 사진. 나중에 비디오로 보게 된 그 영화들. 〈스크린〉과 〈로드쇼〉를 보면서 영화에 더욱 빠져들 수 있었다.

서울에 올라오자마자 일본 잡지를 살 수 있는 곳을 알아냈다. 지금 중국 대사관 자리인 명동의 대만 대사관 앞 골목에는 미국과 일본 등 해외 잡지를 파는 가게들이 늘어서 있었다. 가능한 달마다 그곳 골목에 들러 잡지를 샀다. 〈스크린〉과 〈로드쇼〉를 사는 것이 주목적이었고 가끔 일본 영화를 소개하는 〈근대영화〉와 음악 잡지, 나가이 고의 화집 등을 사기도 했다. 한국에 〈스크린〉이 나오기 전까지, 일본의 영화

잡지는 흥미로운 볼거리이자 영화에 몰입할 수 있는 중요한
통로였다.

아이들을 위한 만화, 어른을 위한 만화

고우영, 박수동, 강철수의 만화를 보다

생각해보면 나는 너무나도 순진하여, 어른들의 말을 잘 들었던 것 같다. 국민학교 때에는 여느 아이들처럼 만화가게를 자주 드나들었다. 저녁 먹을 시간까지 만화가게에 틀어박혀 있다가 찾으러 온 어머니에게 혼나는 풍경도 익숙했다. 하지만 중학교에 들어간 날부터, 나는 완전히 만화가게에 발을 끊었다. 지금도 흔히 말하는, 만화는 아이들이나 보는 것, 이라는 통념을 나는 고지식하게 받아들였다. 당연한 상식이라고 생각했다. 국민학교에 들어가기도 전부터 보고 있던 〈새소년〉

〈소년중앙〉〈어깨동무〉도 끊었다. 이제는 중학생이 되었으니, 어릴 때 보는 만화나 책은 그만 봐야 한다고 생각한 것이다.

그리고 서점에서 만화책을 사서 보기 시작했다. 그러고 보면 만화가 아이들 것으로 생각한 것이 아니라, 아이들 만화는 그만 봐야 한다고 생각했던 것 같다. 그때는 빨리 어른의 것을 보고 싶었다. 6학년 겨울방학에 국제극장에 영화를 보러 갔다. 제목은 기억나지 않지만 중학생 관람가였다. 6학년이라고, 중학생이나 마찬가지 아니냐고 따졌지만 결국 들어갈 수 없었다. 그래서 중앙극장으로 가서 〈다이아몬드 대작전〉을 봤다. 무슨 영화를 못 봤는지는 기억이 나지 않지만 대신 봤던 영화를 확실히 기억하는 것을 보면 〈다이아몬드 대작전〉은 꽤 재미있는 영화였다. 그리고 다음 날 바로 이발소에 가서 머리를 밀었다. 중학생의 머리가 되자 중학생 관람가 영화를 바로 들어갈 수 있었다.

나는 아이들의 만화가 아니라 어른의 만화를 보고 싶었다. 지금 생각하면 심각한 오류이지만 서점에서 파는 만화책은 중학생 이상, 어른을 위한 것이라고 믿었다. 그래서 만화가게에 출입하지 않고 '남녀공학'이라는 제목으로 나온 쇼지 요코의『생도 제군』, 이가라시 유미코의 걸작『캔디 캔디』, 몽키 펀치의 초현실주의 활극『루팡 3세』, '동짜몽'이란 제목으로 나왔던 후지코 F. 후지오의『도라에몽』등 일본만화와 고우영의『일지매』와『삼국지』, 박수동의『고인돌』, 강철수의『발바리』등을 사서 봤다. 여성지의 부록으로 만났던 김수정의『신인부부』도 있다. 진짜 '성인 만화'부터 순정만화, 아동만화까지 다양한 스펙트럼이지만 그 시절 나의 기준은 서점에서 파는가 아닌가 뿐이었다. 그리고 다행히도 그 만화들은 다, 너무나도 좋았다.

당시 서점을 통해서 보았던 만화들은, 단언컨대, 윤승운, 신문수, 이상무 등 이전에 보았던 만화보다 더욱더 큰 영향을 나에게 끼쳤다. 지금도『원피스』『나루토』등 소년만화를 즐겨 보기에 어른의 만화만을 고집하지는 건 전혀 아니다. 그럼에도 당시 서점에서 사서 보았던, 그 시절 내 기준에서의 어른을 위한 만화는 더욱더 깊고 넓고, 재미도 있었다. 그것이 내가 중고등학교는 물론 대학에 가서도 만화를 손에서 놓지 않았던 이유다. 만화는 영화, 소설과 전혀 다를 게 없는 위대한 오락이자 예술이었다. 중학교에 가며 끊었던 만화가게 출입도 『공포의 외인구단』이라는 만화가 끝내준다는 말을 듣고 찾아갔던 고등학교 3학년 때부터 다시 시작되었다. 물론 이전에도 만화가게에, 그곳에서 틀어주는 비디오를 보기 위해서 간 적은 몇 번 있었다. 비디오만 보고 대본소 만화는 거들떠보지도 않았지만. 중고등학교 때 보았던 만화들은 지금도 기억에 선명하게 남아 있다. 책을 꾸준히 사도 읽는 속도에 비하면 너무나 양으로 부족했다. 그래서 이미 본 것들을 보고 또 봤다. 만화는 그림을 보는 재미가 있어 더욱 좋았다. 편하게 집어 들고 보다가 언제든 내던질 수 있다는 점도 좋았다. 중간부터, 원하는 에피소드만 봐도 좋았다.

『캔디 캔디』와 『남녀공학』은 순정만화의 재미를 알게 해 준 만화였다. 나는 순정만화, 소녀만화보다는 소년만화를 훨씬 더 좋아한다. 이성의 사랑 이야기보다는 뭔가에 부딪히고 싸우는 사람들의 이야기가 더 좋다. 그렇다고 사랑 이야기를 싫어하는 건 아니다. 그 시절부터 순정만화도 보고, 여성지의 부록으로 나왔던 할리퀸도 읽어봤고, 70년대에 유행했던 『사랑의 체험 수기』도 열심히 읽었다. 다만 만화가 사랑 이야기 만으로 6, 7권 이상을 넘어가면 지루해진다. 『캔디 캔디』가 오로지 캔디를 둘러싼 사랑의 줄다리기만 있었다면 도중에 읽기를 그만뒀을 것이다. 하지만 『캔디 캔디』에는 사랑을 속박하는 타인과 사회와 시대의 이야기가 함께 들어 있었다. 그런 사랑 이야기라면 언제든 환영이다.

몽키 펀치의 『루팡 3세』는 개인적으로 가장 아끼는 만화의 하나다. 한국에 나왔던 판본은 몽키 펀치의 『신 루팡 3세』를 그냥 『루팡 3세』라 제목을 붙인 것이다. 몽키 펀치가 그린 『루팡 3세』도 시리즈가 이어지면서 그림이 조금씩 바뀌고, 나중에는 아예 그림 작가가 다른 사람으로 교체되어 나오기도 했다. 괴도 루팡의 손자라는 루팡 3세, 뛰어난 사격 실력을 갖춘 지겐 다이스케, 검술의 달인 이시카와 고에몽이 한패를 이루고 도대체 동료인지, 적인지, 연인인지 알쏭달쏭한 미네 후지코가 들락날락한다. 덤으로 루팡 3세를 쫓으며 언제나 실패를 거듭하는 제니가타 경부가 있다. 가장 좋아했던 캐릭터는 미네 후지코다. 한국판에서는 비키니, 란제리, 이불 등으로 그림을 덧씌웠지만, 원판에는 그녀의 아름다운 몸매가 그대로 나온다. '유혹'을 무기로 쓰는 미네 후지코의 매력은 요즘 만화와 애니메이션의 덜 자란 소녀 타입의 여인들과는 다르다. 성인 여성의 매력을 물씬 풍기는, 루팡 3세와 함께하면서도 절대로 종속되지 않는 독립적인 여성. 〈캣 피플〉의 나스타샤 킨스키와 함께 어린 시절의 나를 사로잡았던 여성이다.

〈도라에몽〉은 지금도 일본에서 거의 매년 극장판이 만들어진다. 그야말로 국민 캐릭터다. 동그랗고 짜리몽땅하다는 의미로 붙여진 한국 이름인 동짜몽도 꽤 어울린다. 도라에몽도 귀엽기는 하지만 만화를 보고 있으면 진구에게 알 수 없는 연민이 생긴다. 미래의 도라에몽이 과거로 돌아온 이유는 패가망신하여 후손에게 엄청난 빚을 남겨주는 진구를 바로잡기 위해서다. 공부도 못하고, 체력도 약하고, 끈기도 부족한 진구의 곁에서 보살펴주는 도라에몽이지만 그 역시 어딘가 부실해 보인다. 게다가 나중에 알게 된 도라에몽의 비밀은… 참 담했다. 고양이 로봇이기에 원래는 노란색이고 쫑긋한 귀도 있었지만, 쥐떼에게 공격을 당하여 귀를 뜯어 먹히고 겁에 질려 파랗게 되었다는 비극. 아주 부실한 무력한 인간과 조금 부실한 만능 로봇이 어울려 벌이는 기상천외한 모험은 어린 시절의 이상형이었다. 진구나 도라에몽이 아니라 도라에몽이 주머니에서 꺼내는 온갖 종류의 기계와 물건들을 간절하게 원했다. 하늘을 날고, 과거로 돌아가는 기본적인 SF의 상상력부터 출퇴근 러시아워에 지친 아버지를 위해 개인 지하철을 만든다거나 건물을 찍으면 그 안의 모든 것이 그대로 복제되는 카메라 등 가지고 싶은 것투성이였다. 동심이라는 말이 딱 어울리는, 아이들만이 아니라 어른들에게도 위안이 되는 만화였다. 그래서 어른이 되어서도 너무 즐거운 만화였고.

그리고 고우영이 있다. 『일지매』『임꺽정』『수호지』『삼국지』. 이후에도 『열국지』『십팔사략』 등 수많은 작품이 나왔지만 가장 기억에 남는 작품은 『일지매』와 『삼국지』다. 『삼국지』는 아무리 적게 잡아도 백 번 이상은 읽었다. 틈이 날 때마다, 심심해서, 아무것도 하기 싫을 때마다 『삼국지』를 읽었다. 읽을 때마다 재미있고, 그림도 볼 때마다 흥미로웠다. 기억에 남는 장면 몇 개. 죽은 동탁의 배에 심지를 꽂자 몇 날 며칠을 타오르는 장면, 제갈공명이 마속을 처형하고 눈물을 흘리는 장면, 관우가 더운 술잔을 놔두고 상대 장수를 죽인 후 식기 전에 돌아오는 장면… 아니다. 몇 개를 꼽는 것은 불가능하다. 매 장면이 명장면이고 가슴을 울리는 말들이 있다. 원작도 뛰어나지만 고우영의 각색은 일본에서 나온 어떤 삼국지에도 견줄 수 있다. 인물의 해석과 그들의 형상화 그리고 사건과 의미를 나름의 방식으로 잡아내는 솜씨는 단연 최고수의 것이다.

그러니 고우영에 대한 평가는 나중에 하고, 개인적으로 가장 강렬했던 단 하나의 장면만 꼽아보자. 그들의 이름은 기억나지 않는다. 그 시절부터 영화를 봐도, 소설을 봐도, 사람의 이름은 거의 기억하지 못했다. 사주를 보니 기억력이 나쁘다고 하는 말을 듣고 나서야 겨우 안심을 했다. 내가 주의력이 없거나 무심한 것이 아니라 그냥 기억력이 나쁜 것이었구나 하고. 어쨌거나 아버지와 아들들이 병사를 이끌고 전투에 나선다. 적과 대치하고 있는 위중한 상황에서 내통하는 자가 생겨 잠든 사이에 모두 죽임을 당한다. 겨우 살아난 막내아들이 말을 달리며 원통하여 울부짖는다. 아버지, 형님들 반드시 원수를 갚겠습니다. 눈물을 흘리며 황야를 달리는 막내의 모습 위로, 죽은 가족들의 영혼이 보인다. 그들은 껄껄 웃으며 말한다. 다 부질없는 것. 죽으면 다 같은데 그게 무슨 상관인가. 정확하지는 않지만 그런 의미의 장면이었다. 죽으면 다 똑같은 것. 이승의 원한이나 억울함도 지워져 버리는 것. 그 장면이 지금도 눈에 선하다.

박수동의 『고인돌』, 김수정의 『신인 부부』도 너무나 좋은 작품이다. 섹스가 등장하고, 어른들의 유머가 나와서 그런 것만은 아니었다. 이미 성인 잡지도 봤고, 포르노 비디오도 봤다. 야한 것을 보고 싶다면 다른 것이 얼마든지 있다. 『고인돌』도, 『신인 부부』도 어른의 이야기였다. 어른의 이야기란 단지 아이들은 모르는 이야기라는 의미가 아니다. 그건 삶이 들어가 있다는 의미다. 그냥 좋아서 섹스를 하는 것이 아니라, 그들의 삶의 일부로 섹스가 존재한다는 것. 그래서 너무나도 중요하지만 동시에 아무것도 아닐 수 있는 섹스에 그들이 기뻐하고, 슬퍼하고, 분노하고, 낙담하기도 한다는 것. 섹스가 무엇인지 아는 것은 그래서 중요하다. 특히 사춘기 시절에. 성교육이 그런 만화들처럼 재미있으면서도 다정하고, 가끔만 교훈적이면 얼마나 좋을까. 그런 생각을 늘 한다.

극장은 혼자 가는 것이 좋다

〈라스트 콘서트〉

지금처럼 멀티플렉스가 없고, 영화 한 편에 개봉관 하나 정도였던 시절에는 개봉하는 기간이 길었다. 잘 되는 영화는 6개월을 상영하기도 했다. 어렸을 때는 영화가 개봉하면 보고 싶어 바로 극장을 찾았고, 암표를 사서 보는 일도 종종 있었다. 온 가족이 함께 영화를 보러 갔다가 표가 없으면 참 난감했으니까. 가족과 함께 〈스타 워즈〉를 보러 피카디리 극장에 갔을 때는 이미 줄이 끝없이 길었고, 기다리다 지쳐 결국 울고 말았다. 그래서 암표를 사서 들어갔다. 친구들과 함께 영화를 보러 갈 때도 사람이 가득한 극장에서 봐야 했다. 다들 보고 싶은 영화는 지금 화제가 되고 있는 막 개봉한 신작 영화였으니까. 하지만 대학에 들어가면서부터는 혼자 영화를 보는 경우가 많아졌다. 아무도 없는 극장이 좋았다.

　같이 영화를 보러 갈 때면, 사람 수만큼 뭔가 문제가 생기는 경우도 많았다. 그중 최악의 경우는 〈동방불패〉였다. 대학 때 다들 〈동방불패〉를 보러 가자며 약속을 했다. 한 친구가 예매를 하겠다고 나섰다. 전화예매도 불가능하고 직접 극장에 가야만 예매가 가능한 시절이라 누군가 총대를 메야 했다. 약속한 날 극장 앞에서 만나 함께 들어갔다. 그런데 좌석이, 스크린 제일 앞자리였다. 서극 제작, 정소동 감독의 〈동방불패〉. 이연걸과 임청하라는 당대 최고의 배우들이 출연하는 무협 영화. 배우들은 공중을 붕붕 나르고, 천지가 격동하고 뒤집어지는 무공이 난무하는 탁월한 액션 무협영화. 그런 영화를 제일 앞자리에서 보고 나니 멀미가 날 지경이었다. 보고 나서 지끈거리는 두통을 참으며 물어봤다. 언제 예매를 했기에 제일 앞자리밖에 없었냐고. 그랬더니 친구는, 제일 잘 보이는 앞자리 표를 달라고 부탁했다고 답했다. 할 말이 없었다. 고생해서 극장까지 찾아가 예매를 한 그를 탓할 수는 없었다. 영화는 될 수 있으면 혼자 보는 것이 좋다. 많아도 둘.

언제나 가족, 친구와 함께 가던 극장에, 처음으로 혼자 갔던 영화가 기억난다. 혼자 가야만 했던 영화가 있었다. 그 시절에는 개봉작들의 포스터가 동네 담벼락이나 전신주에 붙어 있었다. 중2 때, 학교에 가다가 〈라스트 콘서트〉의 포스터를 봤다. 그녀의 이름은 스텔라였다. 스텔라의 얼굴, 눈물을 흘리면서도 벅차게 웃는 것만 같은 그녀의 얼굴이 가득한 포스터였다. 서서 한참을 봤다. 어째서일까. 그 얼굴을 보는 내 가슴이 울리고 있었다. 영화에 대한 정보는 없었고, 멜로 영화란 것만 알았다. 오래전 영화인데 재개봉이었다. 〈라스트 콘서트〉를 보러 가자고 아무에게도 말하지 않았다. 상영관인 아세아 극장을 확인하고 일요일에 혼자 나섰다. 버스를 타고 청계천에 나가 혼자 표를 끊고 혼자 영화를 봤다. 사람은 얼마 없었다. 태반이 비었다. 텅 빈 극장에서 〈라스트 콘서트〉를 보며 펑펑 울었다. 그리고 돌아와, 아무에게도 말하지 않았다. 영화를 보고 나면 언제나 누군가와 영화에 관해 이야기를 했지만 〈라스트 콘서트〉에 대해서는 할 말이 없었다.

 남자아이들의 세계는 완고하다. 남자답지 않다는 것에 대한 편견이 있다. 남자들끼리 있으면 허세를 부리며 강하고 거칠게 행동한다. 딱히 잘난 척하려 하지 않아도, 부드럽고 다정한 태도를 보이면 무시당할 것 같은 기분이 든다. 부드러운 것이 강한 것을 이긴다는 경구 같은 건 알지도, 깨닫지도 못하는 시절이었다. 멜로 영화를 보는 것은 암묵적인 금기였고 대신 야한 멜로는 괜찮았다. 정윤희가 나오는 〈우산속 깊숙이〉를 봉천 극장에 보러 가기도 했고, 브룩 쉴즈의 〈엔드리스 러브〉는 그래도 아이돌이 나왔으니 다들 관심이 있었다. 딱 거기까지였다. 청순한 사랑 이야기 같은 것은 남자들이 보는 것이 아니었다. 여자애들이나 좋아하는 것이지.

 〈라스트 콘서트〉는 좋았다. 걸작은 아니었지만 나는 그 영화에 푹 빠져들었다. 그렇다고 그런 영화들을 찾아다닌 것은 아니었고, 있으면 봤다. 일단 비디오가 대중화되기 전까지는 보고 싶은 영화를 보는 방법은 개봉하는 영화들뿐이었다. 주말에 TV에서 해주는 영화를 보던가. 그 후로도 가끔 '순정' 영화들을 혼자 보곤 했다. 1980년대 인기였던 '청춘 섹스 코미디' 〈그로잉 업〉 시리즈와 〈라스트 콘서트〉를 함께 보고 좋아하는 것이 이상하다거나 어색하지 않았다. 각기 다른 것이니까, 각기 다른 재미와 감흥이 있었다. 이것도 좋고, 저것도 좋았다. 취향은 있었지만 차별하지는 않았다.

죽기 위해 살아간다

김성동 『만다라』 『황야에서』

　집에 있던 세계문학전집과 한국단편문학전집 중에서 내가 더 많이 읽었던 건 한국 작품들이었다. 장르소설은 외국 작품을 더 많이 읽을 수밖에 없었지만 일반 소설에서는 한국 작품을 선호했다. 그러니 4.19세대부터 80년대까지의 작가를 망라한 〈제 3세대 한국문학〉 전집이 나왔다는 것을 알고 강력하게 원했던 건 필연적이었다. 이청준, 최인호, 박범신, 오정희, 이문구, 강석경 등 다양한 작가들의 작품을 실은 〈제3세대 한국문학〉은 당시 250만 부가 넘게 팔리며 인기를 끌었다.

비슷한 컨셉인 〈우리 시대 우리 문학〉이라는 전집도 있었다. 두 개의 전집을 통해서 약간 윗세대부터 동 세대까지의 작가들이 보여주는 세상을 만났다. 조세희의 『난장이가 쏘아올린 작은 공』, 강석경의 『숲 속의 방』, 박범신의 『풀잎처럼 눕다』, 오정희의 『저녁의 게임』 등 기억에 남는 작품이 많다.

 그중에서 개인적인 체험에 밀접한 소설을 하나 고르면 『제3세대 한국문학』에 담긴 김성동의 『황야에서』다. 작가 개인의 과거를 소설로 옮겼다는 『황야에서』는 주인공이 고뇌하며 번민하다가 절에 들어가는 과정을 그리고 있다. 『만다라』 이전의 이야기라고 할까. 기억나는 장면은 이런 풍경이다. 주인공이 자살하기 위해 산으로 들어간다. 아무도 없는 숲 속에서, 나무에 줄을 매고 자신의 목도 매려 한다. 목에 줄을 매려다가 내려오고, 맨 채로 뛰어내리지 않고 한참 있다가 하면서 하염없이 시간이 흘러간다. 자신의 숨소리 말고는 적요했던 숲 속에 갑자기 한 여성의 웃음소리가 울려 퍼진다. 등산하던 남녀 일행의 소리가 들린다. 뭐가 그리 좋은지 여성의 웃음이 끊이지 않는다. 그 순간 생각한다. 나는 여기서 이렇게 죽음을 선택하려 괴로워하는데, 저들은 무엇이 그리 즐 거운 것일까. 저들은 내가 모르는 세상의 어떤 즐거움을 알고 있는 것일까. 궁금해진 주인공은 나무에서 내려와 속세로 들어간다.

자살하려던 사람이 애타게 방법을 찾다가 간신히 독약을 구하고 나면 오히려 자살하지 않는 경우가 있다고 한다. 이제 언제든지 죽을 수 있으니까 조금 더 살아보자. 그런 마음으로 지내다 보면 삶의 작은 것들을 보게 되고, 죽음에 대한 욕망도 느슨해진다는 것이다. 그럴 수도 있을 것 같다. 〈황야에서〉를 본 것은 아마도 고등학교 2학년 때였다. 그 소설을 처음 읽었을 때 등줄기에 무언가 차갑게 식어 내리는 감각을 느꼈다. 그건 내 경험이었다.

고등학교에 입학하기 직전, 중학교의 마지막 겨울방학이었다. 내 방은 이층의 작은 부엌을 개조한 곳이었다. 난방이 없었지만 혼자 있으려면 어쩔 수 없었다. 추운 겨울, 입을 열 때마다 하얀 입김이 나오는 방에서 나는 죽고 싶었다. 방법을 생각했다. 목을 매달 곳은 없었다. 약을 구할 수도 없었다. 가능한 것은 칼로 죽는 것이었다. 잘 안 쓰는, 하지만 날이 잘 드는 식도를 가져다 두었다. 어느 날 밤, 칼을 들고 한참을 망설였다. 가슴에 대보고 얼마나 힘을 주어야 할 것인지 생각했다. 한참을 칼을 들고 이런 저런 생각을 했다. 두 시간 정도 그러고 있었을까, 갑자기 아래층에서 가족의 웃음소리가 들렸다. 그 때 문득, 〈황야에서〉의 그 남자와 똑같은 생각이 들었다. 나는 여기서 이러고 있는데, 저들은 뭐가 그리 즐거운 것일까. 그래서 칼을 다시 숨겨 놓고 내려갔다. 그리고 아무 일도 없었다. 깨달음도 없었고, 뭐가 즐거운지 알지도 못했다. 여전히 죽고 싶었지만 당장 시도하지는 않았다. 언제든, 내가 원한다면 죽을 수 있으니까.

죽고 싶다는 생각은 말을 더듬기 시작한 이후로 언제나 있었다. 당장의 일상이 끔찍했고 미래는 완벽하게 깜깜했다. 진지하게 자살을 꿈꾸며 준비하기 시작한 것은 중학교 3학년 겨울이었다. 그 시절에는 연합고사를 치고 커트라인이 넘으면 추첨으로 고등학교를 배정받았다. 3학년에 올라가 첫 모의고사를 치니 점수가 합격점에 아슬아슬하게 걸쳐 있었다. 일단 고등학교는 가자는 생각으로 시험공부를 시작했다. 여름방학이 지나고 나니 모의고사 점수가 꽤 올라가 있었다. 고등학교는 무난하다 생각하며 그 후로는 적당히 공부를 했다. 그런데 연합고사 점수가 의외로 너무 잘 나왔다. 반에서 2등인가 3등인가 했다.

〈두만강〉을 만든 조선족 감독 장률도 말을 더듬었다고 한다. 그의 인터뷰에서 그런 말이 나온다. 대학을 간다 한들 저 녀석이 제대로 장가나 갈 수 있을까, 라고 부모는 생각했을 것이라고. 연합고사 성적을 받아들었을 때, 나는 혼란에 휩싸였다. 내가 원한 건 무난하게 통과하는 점수였고 그 정도로 공부를 했다고 생각했다. 그런데 점수가 너무 높게 나왔다. 앞으로도 열심히 공부를 한다면 좋은 성적이 나올 것이고, 아마도 좋은 대학에 갈 수 있겠지. 하지만 그럼 뭐하나, 어차피 나는 아무것도 할 수 없을 텐데. 사회가 원하는 대로 좋은 대학에 갈 수는 있다 해도 나에게는 아무 소용이 없었다. 이기는 방법은 알 것 같은데 이겨봐야 나한테는 아무 미래도 없었다.

마츠모토 타이요의 만화 『핑퐁』에는 천재와 수재와 범재가 나온다. 탁구에 엄청난 재능을 가진 페코. 페코를 동경하며 안경은 탁구를 시작한다. 하지만 재능을 즐기며 노는 것에만 열중하는 천재 페코는 약간의 노력조차 하지 않는 결과로 시합에서 지고 만다. 그리고 점점 더 탁구에서 멀어지고 만다. 수재였던 안경은 탁구부에 남아 있고, 끈질긴 노력으로 시합 성적도 좋아진다. 하지만 안경은 탁구가 좋아서 하는 것이 아니다. 동경하던 페코가 사라진 후, 안경은 의미를 잃어버렸다. 안경은 말한다. 이겨야 한다면 이기는 방법은 알고 있지만, 왜 이겨야만 하는지를 알 수가 없다고.

나는 절망했다. 당신들이, 세상이 원하는 대로 공부를 잘할 수도 있을 것 같고, 좋은 대학도 갈 수 있을 것 같지만 그래봐야 나는 아무것도 할 수 없을 것이라고. 그 사실이 나는 괴로웠다. 차라리 아무 가능성도 없었다면 일찌감치 포기했을 것이다. 나는 정말 한심한 인간이었지만 한편으로 억울한 것도 어쩔 수 없었다. 사회가 원하는 가치가 왜 하나뿐인지 동의할 수 없었다. 어쩌면 지금의 시대였다면 나는 히키코모리

(은둔형 외톨이)가 되었을지도 모르겠다. 집 밖으로 나오지 않고도 모든 것을 해결할 수 있었으니까. 말을 하지 않고도 인터넷에서 모든 것을 할 수 있을 테니까. 하지만 그 시절에는 모든 것이 얼굴을 맞대야만 무엇인가를 할 수 있었다. 혼자 살아간다는 것은 불가능했다.

그렇게 칼을 숨겨두고 2층에서 내려온 후, 나는 살아갔다. 언제든 죽을 수 있다고 생각했다. 그러니까 조금 더 보자고 생각했다. 모든 관계를 단절하고 내가 존재하는 지금 이곳이 대체 어디인지 들여다보자고 생각했다. 그러나 막연했다. 나에게는 스승이 없었고, 조언해 줄 그 누구도 없었다. 찾을 생각도 없었다. 사람을 만나는 것이 두려웠고, 거절당하는 것이 두려웠다. 일종의 대인공포증이었다. 어차피 나는 살아가기 위해 지금 존재하는 것은 아니니까, 라고 지레 생각했다. 막막했고, 나는 나약했으니까.

세상에는 가면이 필요하다

팀 버튼 〈배트맨2〉

　고등학교에 입학했다. 집이 있는 봉천동 근처가 아니라 마포구 대흥동에 있는 숭문고등학교였다. 고등학교 배정이 발표되기 전, 학교에 가면 각자 통지표를 나눠줬다. 배정되는 학교의 코드가 적혀 있었다. 학군에 따라 관악구는 9학군이었으니 9XX가 되어야 했다. 그런데 받아보니 5XX였다. 담임도 잘 모르겠다며 다른 학군으로 배정되었다고만 했다. 5학군으로 배정된 사람은 반마다 5, 6명 정도씩 있었다.

집으로 돌아와 통지표를 보여 주니 어머니도 누나들도 이상하다 하며 찾아봤다. 5학군은 이전에 공동학군이라 부르기도 했던, 시내에 있는 명문고들이 많은 학군이었다. 오히려 잘된 것일 수도 있다 했다. 하지만 라디오에서 들려준, 내가 배정된 학교는 생전 처음 들어보는 숭문이었다. 그때는 지하철 2호선이 아직 없을 때라 버스를 타고 학교에 갔다. 이대입구에 내려 서강대 쪽으로 걸어 내려가면 아래쪽의 푹 꺼진 분지 같은 곳에 학교가 있었다. 중학교와 함께 있었고, 일제 강점기의 목조건물도 여전히 교실로 쓰고 있었다. 그 덕에 1학년 때는 마룻바닥을 반질반질하게 문지르는 청소도 해야 했고.

대흥동, 염리동은 봉천동처럼 못 사는 동네였다. 봉천동에 사는 학생들이 5학군에 배정된 이유는 동질감 때문이 아니라 관악구에 사람들이 많이 몰려 사는데 고등학교가 부족했기 때문이다. 일단 택지부터 개발하고 기반 시설은 차후에 짓는 건설 우선의 시스템. 그래서 학생들을 다른 학군에 보내야 하는데 바로 옆의 학군도 인원이 많으니 멀리 보낸 것이다. 대신 버스를 한 번에 타고 갈 수 있는 시내의 학교를 배정하는 차선책에 걸린 것이었다. 별다른 감흥은 없었다. 딱히 가고 싶은 학교도 없었고, 어딜 가나 마찬가지라고 생각했다. 나에게 세상이란 어차피 다 회색이었다.

당시 학교에 가기 위해서는 버스 두 노선이 있었다. 142번과 92번. 142번은 조금 걸어서 봉천네거리에서 타면 한강대교를 건너 40분 정도 걸렸다. 92번은 바로 집 앞에서 탔는데 영등 포시장과 양화대교, 신촌을 거치며 1시간이 넘게 걸렸다. 나는 늘 92번을 타고 다녔다. 영등포 시장에서 큰 함지박을 든 아줌마들이 타면 생선 비린내가 코를 찔렀다. 묘한 것은, 중학교 때까지는 심하게 멀미를 했다. 20, 30분만 지나면 바로 어지럽고 메슥거리며 토를 한 경우도 많았다. 그런데 고등학교에 다니면서는 멀미가 사라졌다. 반드시 버스를 타야만 하는 상황이 되니 몸이 혹은 마음이 적응한 것 같았다. 멀미가 있어도, 차를 타야만 하는 상황이기 때문에 그걸 억누른 것일까? 그렇다면 결국은 마음이 더 중요한 것일까? 나에게는 반드시 그래야만 했다. 그래야만 일말의 가능성이 남아 있으니까. 내가 마음이, 정성이, 진심이 부족해서 지금은 뭔가가 뒤

틀려 있는 것일 수도 있으니까. 언젠가는 이겨낼 수도 있다는 실낱같은 희망이라도 있어야 했으니까. 물론 믿지는 않았지만.

 사람들이 전혀 모르는 학교였고, 공부도 못하는 학교로 알려져 있었지만 나는 숭문이 좋았다. 일제 강점기에 만들어진 사립 고등학교인 숭문은 선생들의 실력이 꽤 좋았다. 명문대를 나온 선생들이 많았지만 공부를 강요하기보다는 알아서 하라는 분위기였다. 그래서 보충수업이 일체 없어 6, 7교시만 하면 일과는 끝이었다. 게다가 학생들도 지역 특성 탓인지 어울려 다니며 싸움을 하는 것보다는 유흥에 더 관심이 있었다. 봉천중학교 때에는 집단으로 몰려다니며 패싸움을 하거나 폭력을 휘두르는 경우가 많았지만, 숭문에서 노는 아이들의 관심은 오로지 유흥이었다. 이대입구와 신촌이 가까이에 있어 놀기 좋은 환경이라는 점도 컸다. 쉬는 시간이면 아이들은 이대 앞에 있던 우산속이라는 나이트클럽에 간 이야기를 늘어놓았고, 여대생을 꼬시는 무용담으로 누가 더 센지를 겨루었다. 싸움 잘 하는 것보다 춤 잘 추는 것이 더 중요했고. 학교 분위기도 억압적이지 않다 보니 선생에게 대들거나 반항을 하는 경우도 많지 않았다. 중학교 때 친했던 친구는 그 해 생긴 신림동의 고등학교로 배정되었는데, 새로 생긴 학교다 보니 공부를 밤 10시까지 엄청나게 시켰다. 정말 다행이었다.

시간이 남아돌았다고 해서 내가 다른 뭔가를 한 것은 아니다. 오히려 아무것도 하지 않았다. 고1 때는 적극적으로 아무것도 하지 않으려 했다. 친구를 사귀지도 않았고, 특별한 일을 하지도 않았고, 극도의 무력감에 사로잡혀 있었다. 공부도 당연히 하지 않았다. 완전한 무력감에 사로잡혀 있었다. 말은 더욱더 하지 않았다. 1학년 때의 짝이 말했다. 너는 하루에 쓰는 단어가 10개도 안 돼. 말을 하면 더듬는 걸 알까 봐 그런 건 아니었다. 그건 어차피 누구나 아는, 알게 될 일이었다. 말하는 것 자체가 귀찮았다. 아무것도 하기 싫었다. 성적은 순식간에 추락했다. 시험 보는 날, 옆자리의 친구가 자기는 00과목만 공부했고 답을 알려 줄 테니 나에게 다른 과목을 보여 달라고 했다. 약속대로 그가 보고 싶어 하는 과목의 답안지는 보여주었지만 나는 보지 않았다. 그걸 보는 것조차 귀찮았고 베끼는 것도 하기가 싫었다. 공부도, 사는 것도 아무 소용없었다. 철저하게 혼자만의 세계에 갇혀 있고 싶었다.

　가면이 필요하다는 것은 그 후에 알았다. 세상을 살아간다는 것은, 가면을 쓰고 일종의 역할극을 한다는 것과 비슷하다는 것을. 〈비틀쥬스〉 〈에드워드 가위손〉 〈크리스마스의 악몽〉 등 팀 버튼의 영화중에서 가장 좋아하는 작품은 〈배트맨2〉다. 요즘은 〈다크 나이트〉의 조커가 더욱 유명하지만, 잭 니콜슨이 연기했던 포스트모던한 조커가 사람들을 경악시켰던 〈배트맨〉의 대성공으로 팀 버튼은 멋대로 〈배트맨2〉를 만들 수 있었다. 〈배트맨2〉의 주인공은 사실 배트맨이 아니라 펭귄이다. 크리스마스에 태어나 하수구에 버려지고, 마찬가지로 버려진 동물원의 동물들과 함께 자라난 남자. 펭귄이라 불리는 그가 인간 세계로 들어오기 위해 벌이는 악행 그리고 죽음이 〈배트맨2〉의 이야기다. 〈크리스마스의 악몽〉에서 해골 잭이 할로윈 대신 크리스마스를 자신의 것으로 만들기 위해 벌이는 악행과 펭귄의 시도는 대단히 유사하다.

　팀 버튼이 해석한 배트맨은, 끊임없이 가면을 벗어버리고 싫어 한다. 개인적 복수심 때문에 가면을 뒤집어쓰고 정의의 기사인 척하는 것은 아닌지 브루스 웨인은 번민하고 회의한다. 어느 날, 배트맨과 캣우먼은 가장무도회에서 만난다. 그런데 유일하게 그 두 사람만이, 즉 브루스 웨인과 셀리나만이 가면을 쓰지 않고 있다. 모든 이들이 가면을 쓰고 만나 춤을 추고 현실의 자신을 잊어버리는 무도회에서 오로지 그들만이 가면을 내던지고 얼굴을 보인다. 가면을 쓰고 살아가야만 자신의 존재 의미를 찾을 수 있는 그들의 소소한 반항 같은 것일까? 배트맨과 싸우던 펭귄은 말한다. 내가 부럽지? 가면을 쓰지 않은 내가 부럽지? 대부분의 영화에서 교외의 중산층을 신랄하게 비판하던 팀 버튼다운 대사다. 가면을 쓰고, 우아하고 고상하게 예술과 인간의 도리에 대해 말하던 교양인들이 한순간에 가면을 벗고 드러내는 사악한 민얼굴들. 〈크리스마스의 악몽〉에 나온 악동들은 가면을 벗으면, 가면과 똑같은 얼굴이 있다. 결코 가장하지 않는, 추악하고 괴상해 보이지만 자신들의 세계에서 행복하게 살아가는 존재들. 팀 버튼의 시선은 분명히 세상에서 조롱받고 천시받는 프릭스Freaks에게 다정하게 뻗어 가 있다.

다만 그건 어른의 동화이고, 영화이고, 픽션이다. 세상을 살아가기 위해서는 가면이 필요하지만, 고1 때까지의 나는 가면이 필요한지조차 알지 못했다. 끝없이 도망치기 위해서, 오로지 혼자만의 세계로 틀어박히고 싶었을 뿐이다. 어리고, 조잡했고, 유치했다. 그나마 고1을 지나면서 조금 다른 길을 택하게 되었다. 그저 다행인 건지, 운명인 건지 계기가 있었다. 고1의 겨울방학, 나는 〈대부〉를 보았다.

2부

하드보일드 원더랜드

어른의 세계를 엿보다

프랜시스 드 코폴라 〈대부〉

아무것도 하지 않고 지낸 고등학교 1년, 겨울이었다. 서울
극장 재개관 프로그램으로 프랜시스 드 코폴라의 〈대부〉를
재개봉했다. 고등학교에 들어가며 부쩍 큰 키 덕에, 미성년
자 관람불가였지만 문제없이 입장할 수 있었다. 평화로운 결
혼식 장면이 나오고, 대부인 돈 코르오네는 인자하게 지인들
의 부탁을 들어주고 있었다. 그리고 충격적인 장면을 만났
다. 이탈리아계 배우를 출연시키지 않겠다고 거절한 영화 제
작자가 문득 잠에서 깨어난다. 자연스레 일어난 것이 아니라

이상한 기운이 감돌았기 때문이다. 이불을 걷어내자 사랑하는 말의 목이 놓여 있다. 새하얀 침대보를 피로 새빨갛게 물들인 말 머리를 보면서, 놀랐다. 그냥 놀란 게 아니라 정신이 아득해지는 기분이었다.

〈대부〉의 마지막 장면. 대학을 다니며 마피아와는 전혀 상관이 없는 길을 걸으려 했던 마이클은 큰형이 죽고 가문 전체가 위기에 빠지면서 돈 코르오네에 이어 '대부'가 된다. 그리고 적과 배신자들을 하나씩 처단한다. 적과 내통한 매제까지 죽인 마이클에게 여동생이 와서 울부짖는다. 아내인 케이가 겨우 시누이를 달랜 후 마이클에게 물어본다. 정말로 매제를 죽인 것이냐고. 자신을 의심하는 것이냐며 엄청나게 화를 내던 마이클은, 이번 한 번만 대답해 주겠다고 한다. 다시는 패밀리의 일에 개입하지 말라면서. 마이클의 답은 단호하게 'NO'였다. 그리고 카메라는 서서히 빠져나간다. 고독하게 방 안에 홀로 남은 마이클. 첫 장면에서 폭력과는 무관하게 자신의 인생을 일구어가려 했던 대학생 마이클은, 혹독한 성인식을 거치면서 어떤 어른이 된 것일까.

잘린 말 머리를 본 순간부터 마지막까지 온전히 **빠져들었**다. 이미 알고 있다고 생각했지만, 사실은 모르는 세계였다. 나는 어른이 아니었다. 신체적으로도 그랬고, 정신적으로는 더욱 그랬다. 하지만 사춘기의 아이들이 흔히 그렇듯이, 중 2 병이라는 말이 의미하듯 과잉이 되기 마련이다. 어느 정도 몸도 성장했고 이런저런 책과 영화를 통해서 어른들의 세상을 충분히 안다고 생각한다. 사랑도 알고, 섹스도 안다. 폭력도 안다. 그렇지만 모른다. 간혹 어린 시절부터 세상의 비의를 깨닫고 혹은 폭력적으로 몸에 각인하고 받아들이는 사람도 있기는 하지만 극소수다. 대부분은 안다고만 생각한다. 그리고 사실은, 나이가 들어서도 잘 모르는 경우가 태반이다. 죽기 직전까지 가서도 대부분은 모를 것이다. 인생이, 세상이 정확하게 무엇인지는.

자신의 이익을 위해서 폭력을 쓰고, 권력을 탐하고, 모든 것을 얻는다. 와중에 배신을 하고, 복수를 하고, 사랑하는 누군가를 잃는다. 그것이 갱스터 영화의 법칙이다. 〈대부〉의 돈 콜레오네와 형제들은 패밀리를 위해 일한다. 순수한 가족으로서의 패밀리와 범죄조직으로서의 패밀리. 처음에는 두 개의 패밀리를 지키기 위해 헌신하고 있지만 가다 보면 어느 하나가 몰락한다. 조직으로서의 패밀리를 살리기 위해 싸우는 동안 진짜 '가족'은 산산이 바스러진다. 가족의 최소 단위인 '개인'도 망가져 간다. 아이러니하지만 그렇게 변해가는 자신의 모습을, 상승하는 그 순간에는 절대로 보지 못한다. 어느 순간 발견해도, 거울 속의 자신을 비로소 직시해도 이미 돌아서기에는 늦었다는 것만을 깨닫는다. 패밀리를 완성하기 위해서는 또 하나의 패밀리를 부숴야만 한다. 그것이 우리가 살아가는 세상의 법칙이다.

〈대부〉를 보면서 깨달았다. 어디에도 완벽한 것은 존재하지 않는다는 것을. 무엇인가를 이루기 위해 달려가는 과정은 결국 무언가를 부수는 과정이었다. 버리지 않고는 얻을 수 없다. 반대로 얻기 위해서는 무엇인가가 부서지는 것을 봐야만 한다. 나는 몰랐다. 내가 알지 못하는 어른의 사정, 세계가 진짜로 무엇인지 알고 싶었다.

고등학교 2학년에 올라가도 딱히 바뀌는 것은 없었다. 하지만 나는 〈대부〉를 봤다. 오로지 시간을 죽이기 위해 영화, 소설, 만화를 봤고 앞으로도 크게 달라지는 것은 없을 테지만 그래도 알고 싶었다. 내가 모르는, 모든 것을 알고 싶었다. 그래야만 내가 왜 이 세상에 존재해야만 하는지를 찾을 수 있을 것 같았다. 아주 작은 부스러기라도 발견해야만 심해의 바닥에서 굴러다니는 다음 단계로 갈 수 있을 것 같았다. 하지만 그때는 무슨 상황인지 제대로 깨닫지 못했다. 다만 〈대부〉를 보고, 설명할 수 없는 충격을 받은 후, 그때까지 내가 보아왔던 것 이상을 보고, 듣고, 알아야겠다는 어렴풋한 생각을 했을 뿐이다. 그래서 일단은 봤다. 미성년자 관람불가 영화를 찾아다니고, 다방에서 틀어주는 온갖 비디오를 봤다. 시를 읽었다. 여전히 세상은 가혹하지만, 신기한 곳이라는 것을 점점 느끼게 되었다.

지하실에서 반항하기

크리스챤 슬레이터 〈볼륨을 높여라〉〈헤더스〉

〈볼륨을 높여라〉의 마크는 조용하고 내성적인 전학생이다. 뉴욕의 친구들을 그리워하던 마크에게 아버지는 무선통신기를 사 준다. 하지만 지하실에서 내려간 마크는 무선통신기를 이용하여 해적 방송을 시작한다. 학교에서는 이성의 얼굴도 제대로 쳐다보지 못하는 마크가 청소년의 고민을 들어주며 자기만의 인생을 살라고 일갈하는 반항적인 DJ 하드 해리가 된 것이다. 두 개의 얼굴? 그건 지하실에 있기 때문에 가능한 일탈이고 저항이다. 마크의 방송을 들은 아이가 정말로 자살하고 경찰이 해리를 찾기 시작할 때, 그는 도망치려 한다. 방송을 멈추고 평범한 고등학생으로 돌아가려 한다. 누군가에게 영향을 끼칠 때, 소통할 때에 갖는 책임과 무게를 자신이 견딜 수 없을 것이라 생각했기에. 노라가 없었다면 아마 그는 멈추고 돌아갔을 것이다. 두 번 다시 지하실로 가지 않았을 것이다.

가끔 생각했다. 지하실의 해리는 비겁한 것일까? 안전한 곳이니까, 마음대로 떠들 수 있었던 것일까? 내 생각은 언제나 같다. 그거라도 하는 게 낫다. 만약 마크가 성인이었다면 비겁한 게 맞다. 그거라도 하는 게 낫지만 동시에 자신이 비겁하다는 것을 인식하고 있어야 한다. 하지만 마크는 고등학생이었다. 세상이 무엇인지 아직은 잘 모르고, 세상에 나가 맞서 싸우지는 않더라도 최소한 견딜 수 있는 방어력 정도를 갖출 시간이 필요하다. 〈헤더스〉의 JD처럼 폭탄으로 학교를 날려버리려 하는 것은 유익하지만 허황한 판타지다. 사춘기의 상처받은, 유약한 청춘이 망상하는 복수. 20살이 넘어서 본 〈볼륨을 높여라〉와 〈헤더스〉는 그 시절에도 의미심장했다.

그때도 여전히 어리고 나약했으니까.

〈대부〉를 보고 난 후 조금은 달라졌다. 아주 조금의 태도였다. 〈대부〉 말고도 계기가 두어 개 있었다. 하나는 적성검사였다. 반이 문과와 이과로 나뉘는 것은 2학년 올라가면서였지만 미리 정해둬야 했다. 교과서도 미리 주문하고, 반도 몇 개가 될지 확인해야 하니까. 나는 이과를 가겠다고 생각했다. 나름 신중한 결정이었다. 어차피 나는 회사에 들어가서 할 수 있는 일이 거의 없으니까 기술을 익혀야겠다. 사람들을 만나고 대화하면서 뭔가를 하는 일이 아니라 혼자서 집중하여 일을 시작하고 끝낼 수 있는 기술. 그러자니 이과를 가자고 생각했다.

1학기가 마무리될 즈음 적성검사를 쳤고 결과를 받았다. 그런데 예상 밖이었다. 언어능력이나 공간지각력 등의 모든 분야가 그래도 평균 이상이었는데 오직 수리력만은 평균에서 한참 밑이었다. 적성에 맞는 직업을 보니 숫자에 관련된 모든 직업은 하지 말라고 되어 있었다. 안 그래도 수학에 약한 집안 내력이 있었다. 위로 줄줄이 수학과는 담을 쌓았고 모두 문과였다. 그래도 평균은 가겠지, 라고 믿었지만 아니었다. 그래서 포기했다. 이과는 가지 않고 문과를 가겠다고 바꿨다. 자포자기했다. 기술을 배울 수도 없고 뭘 해야 하나 하는 생각이었다. 몸이 약하니 중노동을 할 수도 없고. 가뜩이나 무기력한 인간인데 방향마저 완전히 잃어버렸다. 지금 생각하면 이과를 갔어도 어차피 나중에 때려치웠을 텐데 그나마 다행이긴 했지만, 그때는 꽤 큰 충격이었다. 기술을 배우는 것이 살아갈 수 있는 마지막 방법이라고 믿었던 건데. 그래서 더욱 공부 대신 몰두할, 아니, 킬링 타임의 무엇인가가 필요했다.

또 하나의 계기는 성적이었다. 고1 때는 아무것도 하지 않았다. 이과를 포기하고는 더욱 심해졌다. 시험 때도 책 한 번 거들떠보지 않았다. 수업에도 딴 생각이었다. 책 읽고, 영화 보고, 음악 듣고, 세상에서 필요 없는 것들만으로 시간을 보냈다. 그랬더니 성적이 살벌하게 추락했다. 1학기 말에 60명 중에 30등 밖으로 나가더니 1학년이 끝날 때에는 40등 정도였다. 성적에 대해서는 한 번도 뭐라 하지 않았던 어머니에게 혼났다. 당연한 결과였다. 걱정도 하셨다. 나는 혼나는 것보다 걱정이 더 싫었다. 내가 말을 더듬고, 부모님이 그걸 걱정한다는 사실을 외면하고 싶었다. 걱정이나 위로보다 무관심이 편했다. 그래야만 했다. 걱정을 한다는 건, 내가 말을 더듬는다는 명백한 사실을 자꾸 생각하게 만들었으니까.

결심했다. 일단 성적을 올려야겠다고. 그러면 아무 걱정도 하지 않으실 테니까. 그래야만 내가 나를 들여다보는 것을 잠깐이라도 피할 수 있으니까. 그렇다고 공부를 평소에 한 것은 아니었다. 시험 때에만 몰아쳐서 공부를 했다. 전체적인 기억력은 상당히 부실하지만, 사주에도 나왔듯이, 단기기억력은 쓸 만했다. 내신에는 중간, 기말고사만 들어가니까 그 순간에만 공부를 했고 월말고사는 내버려뒀다. 월말고사 성적은 거의 4, 50등 대였지만 중간과 기말에만 반짝 공부를 해서 내신을 2등급으로 올려놨다. 그 후로 다시 성적에 대한 이야기는 없었다. 그리고 나는 날마다 다방에 가서 비디오를 봤다.

인생에는 대가가 필요하다. 상대가 원하는 것을 줘야만 내가 원하는 것을 얻을 수 있다. 내가 원하는 것을 위해서 상대에게 양보하라고 하면 당연히 실패다. 최소한의 것을, 상대가 원하는 만큼을 해야만 내가 편해지고 살아갈 수 있다. 이런 법칙을 깨달은 건 한참 뒤였지만, 그래도 일단 벼락치기로 성적을 올리는 방법을 통해서 나는 조금 여유가 생겼다. 정말 다행이었다. 날마다 죽고 싶은 것은 여전했지만 그걸 잠시라도 잊을 수 있는 방법들을 찾아가기 시작했다. 절실하게, 도망칠 수 있는 무엇인가가 필요했다.

다방에서 비디오를 보다

장 자끄 베네의 〈하수구에 뜬 달〉에서 로망 포르노까지

다방을 갔다. 집 근처에 있던 영빈다방이었다. 고등학교 2학년이 되던 겨울이었다. 형이 친구를 만난다고 해서 같이 들어갔다. 그런데, 비디오를 틀어주고 있었다. 1980년대 초반에는 비디오데크가 있는 집이 많지 않았고, 대여점도 거의 없었다. 영화를 보려면 당연히 극장에 가야 했고 주말의 명화를 기다려야 했다. 그 때 다방에 오는 손님들을 위해 비디오(주로 베타 비디오)로 영화를 틀어주기 시작했다. 처음에는 찾아오는 손님들을 위한 서비스 정도로 틀어놓았지만 극장에서

개봉하는 영화들이 비디오로 나오면서 아예 입구에 영화 상영시간표를 붙여 놓기도 했다. 만화가게에서도 비디오를 틀어주고는 했다. 간혹 만화가게 방안에서는 커튼을 치거나 문을 닫고 야한 영화나 포르노를 틀어주기도 했다. 매주 007 가방을 든 아저씨가 다방을 찾아오면 원하는 만큼 비디오를 신작으로 바꿔줬다. 다방에서 영화를 고를 수는 있었지만 무슨 영화인지는 피차 몰랐다. 장르 정도만 알 정도였지.

처음 영빈 다방에 간 후, 영화를 보기 위해 다방을 수시로 드나들기 시작했다. 집 근처의 영빈 다방과 신촌 기차역 앞에 있던 귀하 다방. 숭문고등학교는 다른 학교들과 달리 7교시만 끝나면 자유였기에 시간은 남아돌았다. 3시 정도면 학교를 나와 귀하다방이나 영빈다방으로 향했다. 짧으면 한두 편, 길면 밤 9시나 10시까지 영화를 보고 나왔다. 다방의 마담 아줌마와 레지 누나와 친해질 정도의 단골손님이 되었고 늘 함께 다니던 친구는 학력고사를 친 후 귀하다방에서 주방일을 하기도 했다. 고등학교 2학년 때는 거의 매일 다방에서 영화를 봤고, 3학년이 되어서도 일주일에 두세 번은 갔다.

다방에서는 그야말로 온갖 영화들을 봤다. 〈스트리트 오브 파이어〉〈쾌찬차〉〈13일의 금요일 4〉 등 극장 개봉작들, 구로사와 아끼라의 〈란〉과 장 자끄 베네의 〈하수구에 뜬 달〉 같은 예술영화들, 일본의 대작오락영화 〈사토미 팔견전〉, 좀비영화인 〈바틸리온〉과 〈새벽의 저주〉 심지어는 로망 포르노까지 너무나도 잡다했다. 처음에는 자막 없는 영화가 많아 무슨 내용인지 이해할 수 없는 영화들도 자주 가서 계속 반복해서 보다 보니 무슨 내용인지 알게 되는 경우가 태반이었다. 그래도 도저히 이해할 수 없는 영화는 〈하수구에 뜬 달〉이었다. 환상과 과거를 마구 현실에 겹쳐 놓아서 뭐가 뭔지 알 수 없었다. 나스타샤 킨스키가 나와 좋기는 했지만.

영화는 영상을 기본으로 하는 예술이다. 연극은 보지 않고 듣기만 해도 상당 부분 이해할 수 있고, 영화는 듣지 않고 보는 것만으로도 이해가 가능하다고 한다. 보고 듣는 것이 다 있으면 완전하겠지만 각각 대사와 영상이 중심이라는 것이다. 영화를 보고 또 보면 자막이 없어도 이해가 가능한 경우가 많았다. 중학교 때 베르나르도 베르톨루치의 〈파리에서의 마지막 탱고〉를 봤다. 야하다는 소문을 듣고 본 영화였는데, 명성대로 야하긴 했다. 말론 브란도와 로미 슈나이더의 정사 장면은 눈이 번쩍 뜨일 정도였다. 그런데 영화를 다 보고 난 후에, 야했던 정사 장면만 기억나는 것이 아니었다. 말론 브란도가 욕조 안에서 우는 장면, 길을 걷다가 전철 소리에 귀를 막고 고통스러워하는 장면 등이 강하게 기억에 남았다. 자막도 없이 〈파리에서의 마지막 탱고〉를 몇 번 더 보았다. 주로 다방에서. 그리고 대학 시절, 사설 시네마테크에서 자막이 있는 〈파리에서의 마지막 탱고〉를 처음으로 봤다. 다르지 않았다. 자막 없이 보았을 때 느낀 감정, 그들에 대한 생각, 여운까지 똑같았다. 과거에 그들의 말을 그대로 이해한 것이 아니었지만, 그 느낌 그대로였다.

당시에는 자막 없이 영화 보는 것이 낯선 일이 아니었다. 1년 동안 일본에 계셨던 아버지가 돌아오실 때 비디오데크와 컬러 TV를 가지고 오셨다. 처음에는 대여점이 따로 없었기에 비디오 테이프를 빌리기 위해서 구 반포의 상가에 있는 비디오가게를 찾아갔다. 정식 대여점이 아니라 일본에서 TV로 방영했던 영화, 쇼, 오락 프로그램 등을 녹화한 비디오테이프들을 빌려줬다. 그곳에서 전쟁영화들과 클린트 이스트우드의 '더티 해리 시리즈' 등을 빌려봤다. 가족이 둘러앉아 보다가 정사 장면이 나와 어색하기도 했고. 그러다가 방배동에 조금 큰 비디오가게가 생겼다고 해서 가 봤다. 그곳에서는 미국에서 나온 비디오테이프를 대거 복사하여 빌려주고 있었다. 그리고 비디오데크가 있으면 반드시 구해야만 했던 야한 영화가 〈엠마누엘 부인〉과 〈파리에서의 마지막 탱고〉였다. 그렇게 비디오를 보다가, 다방에서 그야말로 원 없이 영화를 봤다.

할 일이 없었으니까. 공부할 생각은 전혀 없었고, 그저 시간을 죽일 무엇인가가 필요했다. 알고 싶다는 욕망은 있었지만 방법은 몰랐다. 눈에 들어오는 것을 보고, 손에 잡히는 무엇인가를 읽었다. 체계도 없었고, 선구안도 없었다. 하지만 그렇게 영화를 보다 보니 익숙해졌다. 예술영화라는 말은 몰랐지만 〈란〉 〈파리에서의 마지막 탱고〉를 보면서 알 수 없는 격동을 느꼈다. 오락영화를 보면서 그 안에 한껏 빠져들었다. 나에게는 차이가 없었다. 어느 쪽이건 나에게 감동을 주거나, 뭔가 울림을 안겨주면 그것으로 충분했다. 나는 그것들을 구분할 능력도, 재능도 없었다. 그냥 많이 봤을 뿐이다. 고즈넉한 동네 다방에 앉아 하염없이 조그만 브라운관 TV를 지켜봤을 뿐이다. 봤던 장면을 또 보고, 또 보고, 또 봤다.

People Are Strange

Doors <People Are Strange>

형은 하나에 빠지면 끝까지 가는 성향이었다. 프라 모델을 할 때는 몇 시간씩 꼼짝 않고 방에 앉아 전투기와 탱크 등을 만들었다. 국민학교 때는 프라 모델이 방안에 가득했고, 돈과 시간을 모두 투여했다. 다음은 우표였다. 새로 나온 우표 전지를 사기 위해 새벽에 나가 우체국 앞에서 기다렸다. 종류별로, 형태별로 모두 모은 앨범을 몇 개나 만들었다. 나는 아니었다. 프라 모델은 한 번도 만들지 않았다. 로봇은 좋아했지만 그걸 만들 생각은 없었다. 당시에는 로봇이 프라모델로 나온 경우도 거의 없었다. 나는 우표도 별 관심이 없었다. 저걸 굳이 왜 모을까, 라는 생각이었다. 형은 화끈하게 몰두하고 떠날 때는 뒤도 돌아보지 않았다. 그동안 모은 것을 다 팔아버리거나 내버려뒀다. 프라 모델과 우표 다음은 팝송이었다.

국내에 나온 라이센스 음반을 사는 것으로 시작하여 청계천에서 빽판을, 광화문의 레코드 가게에서 원판을 구했다. 국내에 나오지 않은 음반이나 금지곡이 있는 음반을 구하려면 라이센스만으로는 부족했다. 가끔 일본에 다녀오시는 아버지에게 클래시의 〈런던 콜링〉, 핑크 플로이드의 〈더 월〉, 블라인드 페이스의 동명 앨범 등을 부탁해서 구했다. 그리 좋아할 만한 가수는 아니면서도, 해외 뮤지션의 공연이 거의 없었던 시절이라 레이프 가렛이 내한했을 때 가기도 했다. 나는 레이프 가렛에 전혀 관심이 없었다. 형의 다음 순서는 더 좋은 소리를 위해서 턴테이블을 바꾸고, 더 좋은 바늘로 교체하며 업그레이드하는 것이었다. 후일 형의 취미는 앰프와 스피커로도 발전하여 나도 덩달아 형이 쓰던 앰프와 스피커를 중고로 사며 바꾸게 되었다. 딱히 원한 것은 아니었지만 어쨌거나 바꾸면 소리가 좋아지기는 했다. 돈과 바꾸면 소리가 좋아지는 건 당연한 일이다.

옆에 있으면 같이 음악을 듣게 되고, 같이 듣고 있으니 너도 돈을 내라고 하여 어느 정도씩은 음반 구입에 협력하게 되었다. 딱히 싫지는 않았다. 음악은 좋았다. 누구나 듣게 되는 비틀즈, 딥 퍼플, 레드 제플린, 핑크 플로이드 등으로 출발하여 〈월간 팝송〉을 탐독하며 기사에 나왔던 수많은 뮤지션의 음반을 부지런히 들었다. 팝송은 좋았다. 집에는 클래식 음반도 많이 있었지만 내 취향은 전적으로 대중음악이었다. 팝도 좋고, 락도 좋고 포크와 블루스 등 대부분 좋아했지만 전자음악만은 그리 취향이 아니었다. 후일의 이야기를 한다면 내 음악 취향은 가요, 재즈와 블루스, 포크, 아트 락, 제이팝과 가요, 월드 뮤직 등을 전전하지만 딱히 하나에만 몰두하지는 않았다. 형은? 지금은 클래식과 오페라에만 몰두한다.

나는 열정이란 게 없었다. 뭔가가 없으면 미칠 것 같은 마음도, 파고들어 끝장을 내겠다는 생각도 없었다. 뭔가를 파고드는 순간이 가끔 있었지만 그건 잠시였다. 어느 정도 전체의 윤곽을 파악하거나 대강의 계보를 훑어보는 정도가 되면 거리를 두고 바라봤다. 마니아가 되지 못한 상태에서 적당히 즐기는 것이 제일 좋았다. 음악을 들을 때도 비슷한 경로였다. 중고등학교 때는 팝송, 하드락, 헤비 메탈, 프로그레시브락, 포크 등을 함께 들었다. 그 시절의 라디오에서는 가요가 많이 나오지 않았다. 하루에 가요를 방송하는 시간은 많아야 5, 6시간이었다. 가요만 틀어주는 프로그램도 거의 없었다. 대신 라디오를 듣고 있으면 헤비메탈과 어덜트 컨템포러리, 컨트리 음악까지 다 들을 수 있었다. 〈월간 팝송〉을 꾸준히 보면서 라디오를 듣고, 추천하는 음반을 듣는 정도로 만족했다.

하지만 내가 원하는 음악을 찾을 때가 되면 조금 달라지기는 했다. 고등학교 때부터 가요를 많이 듣기 시작하다가 대학 때에는 거의 가요만 들었다. 시대와 환경 탓도 있었고. 당시 인기 있던 산울림, 김범룡 등 당대의 가요만이 아니라 70년대까지 거슬러 올라가기 시작했다. 특히 포크에 빠졌다. 가요 음반은 한 번 나왔다가 다 팔리면 다시 찍지 않은 경우가 많았다. 원하는 노래를 듣고 싶으면, 음반 가게에서 원하는 곡을 고르면 녹음하여 테이프에 담아주었다. 음반가게에서도 한 장 남은 음반을 팔면 다시 구할 수가 없었기 때문에 지정하는 곳을 녹음해주거나 트로트, 댄스 음악 등을 가게마다 골라서 녹음한 테이프를 팔았다. 후일 거리의 손수레에서 편집한 테이프와 씨디를 팔아 '길보드'라는 말이 나왔던 것과 비슷하지만 그 시절에는 수공업적이었다.

봉천 네거리에 자주 다니는 음반 가게가 있었다. 그곳에서 음반 몇 개를 발견했다. 〈그건 너〉〈슬픔이여 안녕〉을 부른 이장희의 베스트 음반, 이정선과 이광조와 한영애가 함께 했던 4인조 중창 해바라기의 음반, 이정선의 초기 음반 등등. 파는 음반이냐고 물었더니 아니라고 했다. 테이프에 녹음을 해서 들었지만 그 음반들을 직접 들어보고 싶었다. 가게에 가서 다른 음반을 살 때마다, 그 음반은 팔지 않을 것이냐고 물어봤다. 그렇게 몇 개월을 다니자 결국은 주인이 팔았다. 지금은 다 사라지고 없지만, 그 음반들을 구했을 때는 무척이나 즐거웠다. 가끔은 듣고 싶은 음반에 집착하기도 했지만 대체로는 평범한 정도에서 멈췄다.

뭔가에 호기심이 생기면 일시적으로 파고드는 순간은 많았
다. 재즈에 관심이 생긴 것은 스파이크 리의 〈모 베터 블루스〉
를 보고, 〈니키타〉의 할리우드 리메이크인 〈니나〉에서 니나
시몬의 노래를 들었기 때문이다. 재즈 뮤지션의 일생을 그린
〈모 베터 블루스〉를 보면서 유난히 음악이 귀에 들어왔다.
재즈가 궁금해졌다. 일단 교보에 가서 책을 샀다. 재즈에 대
한 개론서와 재즈의 역사를 다룬 책. 그리고 재즈 명반을 소
개한 책을 샀다. 책을 읽으면서 재즈의 명반이라고 소개한 음
반을 사서 들었다. 마일즈 데이비스, 존 콜트레인, 찰스 밍거
스, 셀로니우스 몽크 등 유명한 뮤지션들의 명반을 들었다.
그리고 확장했다. 리 모건, 오넷 콜먼, 오스카 피터슨, 쳇 베
이커 등등. 프리 재즈, 퓨전 재즈, ECM 재즈도 들었다. 다들
좋았지만 나는 그중에서 하드 밥이 제일 좋았다. 무라카미 하
루키가 말하듯 재즈의 전성기는 50, 60년대라고 생각한다. 그
렇게 어느 정도 재즈의 역사를 훑고 나서는 담담해졌다. 쥐꼬
리만 한 원고료를 받으면 교보나 영풍에 가서 재즈 음반을 왕

창 사오던 시절은 지나갔다. 지금도 여전히 재즈를 좋아하고
가끔 듣지만 그것만 듣지는 않는다.

 아트 락에 관심을 두었을 때도 패턴은 똑같았다. 예스, 킹
크림슨 등은 예전에도 들었지만 이탈리아와 독일 등의 아트
락은 무엇인지 궁금했다. 아트 락은 개론서라고 할 것이 딱
히 없었기에 성시완이 내던 〈아트 록〉이라는 잡지를 과월호
까지 다 구해서 읽었다. 그리고 소개하는 음반들을 사서 들었
다. 대부분은 성시완이 직접 만든 시완 레코드에서 낸 라이센
스 음반이었다. 뉴 트롤스, 라테 에 밀레, 비지터스 등을 찾
아 들었지만 내 취향은 아니었다. 하지만 의외의 성과가 있었
다. 아트 락을 뒤지다가 브리티쉬 포크를 만나게 된 것이다.
스파이로 자이라, 멜로우 캔들, 튜더 롯지, 스프리건스 등등
브리티쉬 포크의 처량함과 청아함이 뒤섞인듯한 음악은 아주
좋았다. 그 후로도 블루스에 빠지고, 일본 70년대 가요에 빠
지고, 이거저거 잡다하게 들었다. 지금도 그렇게 듣는다. 잠
깐 하나에 집중하는 경우는 있지만 조금 시간이 지나면 비슷
해진다. 언제나 좋은 음악들은 있고, 그 음악들은 세월이 아

무리 흘러도 항상 좋다.

그리고 그중에서 가장 좋아하는 뮤지션들의 목록이 쌓이게 된다. 노래를 잘하는 가수, 탁월한 음악을 만들어내는 뮤지션은 너무나도 많다. 그중 처음으로 심장을 흔들었던 뮤지션은 짐 모리슨이다. 중학교 2학년 정도였다. 도어즈의 베스트 음반을 들었다. 짐 모리슨의 얼굴이 크게 나온, 하얀 바탕에 붉은색이 칠해진 음반. 〈Light My Fire〉에 이어 〈People Are Strange〉를 들으면서 빠져들었다. 그의 목소리는, 환각제였다. 다른 세계의 풍경을 보여주는 것 같은 목소리. 27살에 요절하여 저 세계로 일찌감치 가 버린 남자. 그건 주술의 세계였고, 피안의 몽상이었다. 그런 목소리를 또 만난 건 R.E.M.의 마이클 스타이프의 목소리를 들었을 때였다. 짐 모리슨처럼 도발적이기보다는 젠틀하고 사색적인, 내면의 리듬에 모든 것을 맡기며 몽환적으로 흘러가는 목소리. 나로서는 유일하게, 도쿄에 가서 R.E.M.의 공연을 보기도 했다.

음악은 일상이었다. 하지만 듣는 것 이상의 무엇을 생각해

보지 않았다. 기타를 연주하거나 뭔가를 해보고 싶다는 생각은 없었다. 음악이 무엇보다 좋은 것은, 책을 읽으면서 들을 수 있다는 거였다. 고3이 되어 공부를 시작했을 때, 음악이 없었다면 아마 견디기 힘들었을 것이다. 언제나 라디오를 들으면서 공부를 했다. 노래가 좋으면 잠시 노래에 빠져들었고, 공부에 집중하면 노래가 들리지 않았다. 어느 것이 더 중요한가, 라고 묻는다면 음악이 더 중요하다고 말했을 것이다. 공부는 그저 수단이었을 뿐이다. 진짜로 나에게 필요한 것을 찾아서 공부하기 이전까지는.

진실은 저 너머에 있다

오찌아이 노부히코 〈라스트 바탈리온〉

〈소년중앙〉〈새소년〉〈어깨동무〉등 어릴 때 보던 잡지에서 가장 재미있었던 기사는 '세계 7대 불가사의', '비행접시의 비밀' 같은 초자연적인 혹은 황당무계한 이야기들이었다. 중학교에 올라가며 잡지는 끊었지만 만화와 마찬가지로 새로운 수원지인 서점에서 공급을 재개했다. 서점에서 신비주의, 초자연현상, 귀신과 유령에 관한 책들을 사기 시작한 것이다.

1970년대에는 유리 겔러가 세계적인 인기를 끌었고 한국에도 왔다. 숟가락을 구부리는 것을 본 아이들은 학교에서 해보기도 했다. 대부분은 하다 포기했고 간혹 힘으로 구부리고 우기기도 했다. 누군가는 자기 친구가 정말 구부렸다고 했지만 내 눈으로 직접 본 경우는 없었다. SF에서 본 초능력이나 영화를 통해서 본 '초인'은 무척이나 흥미로운 소재였다. 손을 대지 않고 물건을 움직이는 염동력이나 멀리 떨어진 사물이나 풍경을 볼 수 있는 천리안, 사람의 생각을 읽는 독심술 같은 것이 가능하다면 얼마나 좋을까. 아이들만이 아니라 어른들에게도 매력적인 초능력이었다.

1980년대에는 노스트라무스의 예언이 인기였다. 바야흐로 다가오는 세기말을 준비하는 중이었다. 나 역시 고도 벤이라는 일본 작가가 쓴 『노스트라다무스의 대예언』같은 이상한 책을 읽었다. 구십 몇 년인가에는 태양계의 모든 행성이 일렬로 서게 되면서 큰 재난이 일어나고, 구십구년 팔월 어느 날에는 행성들이 십자가 모양으로 배치되는 '그랜드 크로스' 현상이 일어난다는 것이다. 노스트라다무스가 예언서를 통해 히틀러의 득세나 핵폭탄 발사 등을 맞췄다는 이야기도 나왔다. 일부 사이비 종교에서는 종말과 휴거를 주장하며 TV에 등장하기도 했다. 믿었느냐고? 절대적으로 믿지는 않았지만, 그랬으면 좋겠다는 생각은 했다.

1970년대 서구와 일본에서는 오컬트 붐이 일었다. 60년대 말부터 인도의 종교와 명상 등에 관심을 가진 사람들이 폭발적으로 늘었다. 히피들만이 아니라 지식인과 중산층이 명상과 요가 등을 배우기 시작한 것이다. 68혁명이 끝나고 난 후, 정확히는 패배한 후 사람들은 도피할 거리를 찾고 있었다. 극소수는 극좌 테러를 감행했고, 다수는 자본주의의 물질과 쾌락에 몸을 맡기면서도 정신적인 도피를 꿈꿨다. 자본주의의 달콤한 쾌락에 몸을 맡기는 것과 종교적 초월은 얼핏 보기에 상극인 것 같지만 사실은 동전의 양면이었다. 이안의 〈아이스 스톰〉에는 교외의 중산층 가정이 나온다. 중학생인 딸은 백인의 인디언 학살을 비난하지만 부모는 아무런 관심이 없다. 정말로 없다기보다는 의도적인 회피로 보인다. 교외의 중산층은 평일에 대도시에 나가 돈을 벌고, 주말에는 교외에서 이웃끼리 파티를 연다. 그리고 파티의 마지막은 스와핑이다. 혼돈의 60년대가 끝나고 쾌락의 70년대가 도착한 것이다.

쾌락 대신에 명상과 요가를 택한 사람들은 정신적인 초월을 꿈꿨다. 비틀즈가 그랬듯이 인도로 향하여 가르침을 받고 깨달음을 요구했다. 그런데 정신적 방황과 추구에는 필연적으로 사이비가 끼어들 수밖에 없었다. 기존의 종교에 진력을 내고 도망친 사람들은 더욱 매력적이고 그들이 헌신할 수 있는 무엇인가를 필요로 했다. 집단 자살을 택한 태양의 사원, 로만 폴란스키의 아내인 샤론 테이트를 살해한 찰스 맨슨 등은 사이비 종교의 극단적인 모습이었다. 그리고 오컬트 유행의 한쪽 끝에 악마주의가 있었다. 전통적인 신을 거부하고 악마를 숭배하는 사람들이 생겨난 것이다. 로만 폴란스키의 〈악마의 씨〉에서 젊은 부부가 뉴욕의 고급 아파트에 입주한다. 그곳은 바로 악마 숭배자들이 모여 사는 거주지였다. 〈엑소시스트〉〈서스페리아〉〈오멘〉 등 악마가 등장하는 공포영화가 대거 등장한 것은 당시의 풍토를 대변하는 것이었다. 현실에서 눈을 돌리면 뭔가 기괴한 것일수록 매력적으로 보이기도 하니까.

나는 신비주의, 초자연현상, 귀신과 유령, 초고대문명 등에 대한 책이라면 다 읽었다. 댄 브라운이 『다빈치 코드』를 쓰기 위해 가장 많이 참조했다는 마이클 베이전트의 『성혈과 성배』도 중학교 때 읽었다. 내가 가장 관심을 가진 대상은 눈에 보이지 않는 이면의 무엇이었다. 내가 보고 있는 이 세상의 다른 무엇. 서구에서는 유리 겔러 이상으로 화제를 모았던 조지 아담스키의 책도 있었다. 아담스키는 UFO를 목격한 것만이 아니라 외계인을 만나 탑승도 했고, 그들이 온 별에도 가봤다고 주장하여 화제를 모았던 인물이다.

오찌아이 노부히코의 『라스트 바탈리온』은 그 시절 가장 흥미롭게 읽은 책의 하나였다. 일본의 저널리스트가 나치의 비밀계획을 파헤치는 내용이다. 요지는 나치가 UFO를 개발했다는 것. 2차 대전 말 수세에 몰린 상황이었기 때문에 모든 것을 비밀에 부치고 정예부대를 남미로 보냈고, 다시 남극으로 보내 기지를 만들었다는 것. 독일의 UFO 개발 문서와 당시에 만든 UFO를 찍은 사진 같은 것들도 있었다. 『라스트 바탈리온』의 드라마틱한 스토리에 더 이야기가 붙으면 사실은 히틀러가 죽지 않았고 남극 기지로 함께 도망쳤다는 말도 나오고, 지구가 텅 비어 있고 그곳에 히틀러와 나치가 은신한다는 말까지 나오게 된다. 티베트에 친위대를 보낸 이유는 지하 세계로 향하는 비밀통로가 있기 때문이라는….

신기한 이야기를 좋아하는 취향은 나이가 들어서도 여전하다. 지금도 초상현상, 신비주의, 귀신과 영계, UFO, 초고대 문명 등에 관한 이야기라면 정신없이 빠져들고 정치적인 음모론에도 혹한다. 하지만 나는 모든 신비주의와 음모론에 대해 부정하지 않지만 긍정하지도 않는 입장이다. 각각의 사안마다, 긍정과 부정의 한 쪽으로 조금씩 기울어져 있기는 하지만 완전하게 입장을 정하지는 않는다. 그런 태도를 갖게 한 책은 콜린 윌슨의 『불가사의백과』였다. 『아웃사이더』로 유명한 콜린 윌슨은 온갖 잡학에 능해 범죄와 고문, 사형 등에 관한 책을 내기도 했고 불가사의와 영적 세계에 대한 관심도 지대했다. 『불가사의 백과』는 초보적인 유령과 네스 호의 괴물, UFO 등 모든 불가사의에 대해 윌슨이 조사한 자료와 정보를 정리하고 자신의 주장을 덧붙인 책이다. 네스 호의 괴물에 대해서는 많은 목격자의 이야기와 증거를 보여주고 각각의 주장이 얼마나 신뢰성이 있는지를 보여주는 것이다. 긍정도, 부정도 한 번에 이루어지지 않는다. 철저하게 나름의 논리와 합리성에 근거하여 따져본다. 결론은, 알 수 없는 것이다. 있다고 말할 수 없지만, 없다고 단정할 수도 없는. 까마귀가 다 검다고 하여 어딘가에 하얀 까마귀가 없다고 단정할 수 없는 것과 마찬가지다. 세상의 모든 법칙에는 예외가 존재하고, 우리가 아는 과학은 단지 지금까지 인간이 발견하고 입증한 과학일 뿐이다.

초상현상이 흥미로운 것은, 지금까지 내가 알고 있는 것을 부정하기 때문이다. 내가 알고 있는 지식에 위반하기 때문이다. 그 질문과 회의가 나는 너무나도 즐겁다. 내가 알고 있는, 내가 배운 모든 것이 절대적인 진실이라고는 전혀 생각하지 않는다. 오히려 나는 내가 배운 것들이, 내가 아는 세상이 근저에서부터 흔들리기를 원한다. 흔들고 뒤집어버린 후에도 남는 것이 진짜 지식이고, 이 세계의 진짜 얼굴이라고 믿는다. 예나 지금이나. 과거에는 이 세상이 너무나 가혹해서 부

정하고 싶었다면, 지금은 이 세상이 정말 그렇다면 아무런 희
망도 존재하지 않기 때문이다. 희망을 원한다면, 이 세상의
다른 가능성을 믿어야만 한다.

물론 그 무엇보다, 그 신기하고 괴이한 이야기들에 그저 끌
리기 때문이기도 하다. 지극히 원초적인 호기심. 인간의 모
든 것을 알고 싶다는.

시집을읽다

정희성 『저문 강에 삽을 씻고』

숭문고등학교에는 좋은 선생이 꽤 있었다. 무조건 공부를 강요하는 선생보다 인생에서 가장 중요한 것은 공부가 아니라고 말하는 선생이 많았다. 물론 말과 행동이 반드시 일치하는 것은 아니었고, 평소에는 이성적인 선생이 감정에 못 이겨 학생을 무차별 구타하는 경우도 종종 있었다. 아들에게 술과 담배, 당구 등을 직접 가르쳤다는 선생은 어느 날 학생이 자신의 말에 웃었다는 이유만으로 무자비하게 빰을 수십 대 때렸다. 오해였음에도 불구하고. 그럼에도 학교 분위기는 비교적 자유로웠고, 선생들은 크게 간섭하지 않고 학생들을 내버려뒀다.

고 2, 3 때 국어 선생은 희곡작가인 안종관이었다. 집에 있던 〈창작과 비평〉에 그가 쓴 희곡 〈토선생전〉이 실려 있었다. 딱히 친해지거나 교류를 한 적은 없었다. 나른한 분위기로, 어떤 날은 전날 과음을 해서 잠을 잘 테니까 혹시 교장이나 다른 선생이 복도에 나타나면 깨우라 말하고는 교탁에 얼굴을 묻었다. 조용히 자습만 하면 된다고 했다. 특별활동 시간에는 반 하나를 택해야 했는데, 나는 안종관의 문학반을 들었다. 별다른 이유는 없었다. 아무것도 안 하고 책을 읽을 수 있었으니까. 선생은 시집이나 소설에 관해 이야기하며 읽어보라고 했다. 다른 건 기억나지 않고, 선생이 읽어주는 시들이 귀에 들어왔다.

이전에는 전혀 시를 읽지 않았다. 동시는 관심도, 재미도 없었다. 내가 끌리는 건 이야기이고, 참혹한 무엇이었다. 그런데 선생이 읽어주는 시를 들으면서 감흥이 생겼다. 시의 언어가, 이미지가 귀를 통해 머릿속 어딘가에 자리를 잡았다. 그래서 시를 읽기 시작했다. 동네 책방에서 한 권씩 시집을 사서 읽었다. 당시에는 창비 시선과 문지 시인선이 가장 유명했기에 그중에서 하나씩 골라 읽었다. 그러다가 금서에 꽂히기 시작했다. 금지된 시가 무엇인지, 왜 금지된 것인지 궁금해서 사서 읽었다. 조태일의 『국토』, 양성우의 『겨울 공화국』, 김지하의 『타는 목마름으로』 등등. 큰 서점에서는 구할 수 없었지만 동네 서점에서는 미처 단속이 미치지 않은 것인지, 서울대생이 주변에 많아서인지 거의 남아 있었다.

고3 때 고전문학 선생은 『저문 강에 삽을 씻고』의 정희성 시인이었다. 유명한 시인이라는 것은 알고 있었다. 마찬가지로 교류는 없었다. 나는 문학을 할 생각도 없었고, 누군가와 친해질 생각도 없었다. 정희성 시인은 선비였다. 조용하게 고전을 가르치고, 필요한 말들을 했다. 크게 흥분하거나 화를 낸 적도 없었다. 정치적인 이야기를 하지도 않았다. 그것만으로도 충분했다. 학생들에게 크게 존경받는다거나 하지는 않았지만, 학생들도 알고 있었다. 그가 만만하거나 시시한 인간이 아니라는 것을. 그런 건 말하지 않아도 드러나는 법이니까.

창비 시선과 문지 시인선을 읽다가 폭을 넓혀 갔다. 실천문학, 민음사 등 다른 출판사에서 나온 시집들도 읽었다. 1980년대의 주류는 민족문학이었지만 다른 쪽에도 시선이 갔다. 최민, 이성복, 이승하, 김영승, 최민, 장정일 등을 읽었다. 가끔은 외국 시인들의 시도 읽게 되었다. 보들레르와 에드가 앨런 포우, 폴 엘뤼아르, 페데리꼬 가르시아 로르까, 랭스턴 휴즈 등등.

시집을 읽으면서 나는 '언어'에 대해서 배웠다. 생각하는 것을 정확하게 전달하는 것만이 아니라 겹겹이 의미를 쌓으면서도 본질을 드러내는 것에 대해 생각했다. 시집을 읽기 전까지는 글을 쓴 적이 한 번도 없었다. 글을 쓰는 행위 자체를 싫어했다. 나는 아무것도 하기 싫었고, 하고 싶지 않았다. 중학교에서 일기를 써오라고 했을 때, 철저하게 6하 원칙으로만 일관하여 선생에게 맞았다. 전체가 참가하는 고등학교 백일장에서도 그렇게 일상을 요약만 해서 냈다. 적극적으로 아무것도 하지 않으려 했고, 그래서 글도 전혀 쓰지 않았다. 그런데 시들을 읽고는 글을 쓰고 싶어졌다. 정확하게는 내 생각과 마음을 글로 쓰고 싶었다. 그래서 고2 때 처음 일기장을 샀다. 아무것도 적혀 있지 않은 하얀 공책을. 거기에 일기를 썼다. 구체적인 사건과 경험에 대해서는 일절 쓰지 않고 내 생각과 감정만을 글로 적었다. 처음으로 내가, 쓴 글이었다.

돌이켜 생각해보면 시에는 미묘한 영역이 있었다. 시라는 개념을 떠올리면, 이와이 슌지의 영화 〈피크닉〉의 장면들이 함께 떠오른다. 정신병원에서 탈출한 남녀. 〈피크닉〉에서는 시종일관 그들이 담 위를 걸어가는 이미지가 보인다. 하나의 길밖에 없고, 위태롭게 떨어지지 않도록 조심스레 걸어간다. 그들은 누군가를 죽이거나 증오했고, 이제는 세계가 멸망할 것이라고 말한다. 이와이 슌지의 영화가 빛과 어둠으로 갈린다면 〈언두〉〈릴리 슈슈의 모든 것〉과 함께 〈피크닉〉은 어둠에 속한다. 그렇게 세상을 헤매다니다가 마침내 그녀는 담 위에서 죽음을 맞는다. 까마귀의 깃털이 하늘로 날리고, 쓰러진 그녀는 남자의 품으로 쓰러진다. 떨어지면 죽는다. 죽지 않기 위해서, 미치거나 외길을 위태롭게 허청이며 걸어간다. 시란 그 순간의 언어라고 생각한다.

'한국영화'를 보다

이장호 〈바보선언〉

고등학교 3학년이 되는 첫날. 학교에서 가장 무서운 학생주임이었던 담임은 묵직하게 말했다. 오늘이 첫날이라고 어디 놀러 가지 말고, 이제부터 시작해도 늦지 않았으니 마음잡고 공부를 시작하라고. 대학에 갈 생각이 없었던 나는, 담임의 말을 듣고는 바로 친구와 함께 종로의 단성사로 향했다. 고2 때부터 교복 자율화가 되어 좋았던 것은 학교가 끝나자마자 바로 다방이나 미성년자 관람불가 영화를 보러 갈 수 있다는 점이었다. 〈바보선언〉은 미성년자 관람불가 영화였다.

동안이 아니었던 터라 그런 곳을 드나들어도 누군가 잡는 경우는 없었다. 늘 함께 극장과 다방을 다녔던 친구는 나보다도 더 노안이었다.

이장호가 누구인지는 몰랐다. 오래전 〈별들의 고향〉을 만들어 흥행 감독이 되었지만, 대마초를 피다가 걸려 활동이 정지되었고, 전두환 정권이 들어서며 다시 영화를 만들게 되었다는 정도. 데뷔작이라는 〈별들의 고향〉도 보지 못했고 〈바람 불어 좋은 날〉도 보지 못한 상태였다. 표를 사고 들어가니, 아직 영화가 끝나지 않아 극장 안 휴게실에 앉아 있었다. 만석이 아니라면 중간에 들어가서 영화를 봐도 되던 시절이었지만, 가급적 그러지 않았다. 영화는 처음부터 보는 게 좋다는 생각이었다. 그런데 기다리기 지루했던 친구가 혼자 문을 열고 안으로 들어갔다. 한참을 기다리다가 심심해진 나도 따라서 들어갔다.

구슬픈 음악이 흐르고 있었다. 거대한 스크린에는 장례식이 벌어지고 있었다. 한 여인의 죽음. 깊은 산 속에서 그녀를 보내는 두 명의 남자. 하나는 다리를 절고, 하나는 뚱뚱하다. 그 엄숙하면서도 어딘가 어긋난 듯한 장면을 보면서 이상한 기분에 휩싸였다. 그리고 여의도 국회의사당 앞길을 걸어가는 두 남자. 아마 빗속이었을 거다. 끝나기 전 10여 분 정도를 보았는데, 감동이 아니라 이상한 열기에 사로잡혔다. 그리고 처음부터 영화를 보기 시작했다. 한 남자(나중에 알고 보니 이장호 자신)가 투신자살을 하고 어여쁜 여인이 등장하여 절름발이와 뚱보를 두들겨 팬다. 이보희. 이장호의 영화인 〈바보선언〉 이후 〈무릎과 무릎 사이〉〈어우동〉 등에 출연하며 당대 최고의 스타가 된 배우였다. 그리고 후일 문화부 장관까지 한 김명곤이 주연이었다.

나중에 알게 된 사실이지만 〈바보선언〉은 거의 시나리오가 없었다고 한다. 당시는 영화사들이 허가제였고, 일 년에 몇 편씩 한국영화를 의무적으로 만들어야만 했다. 제작 편수를 채워야만 외국영화를 수입할 수 있는 자격이 주어졌기에 한국영화는 대충 만들고 외국영화로 수익을 올리는 영화사들도 많았다. 그런데 〈어둠의 자식들2〉로 썼던 시나리오는 사전 검열을 통과하지 못했고, 새로 쓰기에는 시간이 촉박했다. 그래서 무작정 〈바보선언〉이라는 제목으로 촬영에 들어갔다. 감독이 투신자살하는 장면은 그런 의미였다. 이장호는 당대 최고의 예술가인 동시에 똘끼도 충만한 감독이었다. 시나리오 없이 장면을 만들어가면서, 현장에 맞게 즉흥적으로 만들어진 〈바보선언〉은 압도적이었다. 리얼리즘? 그런 것은 필요 없었다. 현장 자체가 리얼리즘이었고 시대의 공기를 그대로 표현하고 있었다. 당시에는 그런 의미 같은 걸 알 식견이 없었지만 뭔가 대단하다는 것만은 느꼈다.

〈바보선언〉을 보기 전까지는 한국영화에 대한 생각 같은 것은 아예 없었다. 딱히 편견은 없었지만 주로 보는 건 할리우드 영화였다. 중학교 때는 한국 성인영화를 보러 동네 극장에 가기도 했지만, 비디오 시대가 시작된 후에는 외국의 에로영화가 더욱 신선하고 야했다. 〈바보선언〉을 보러 간 이유는, 마침 그때 개봉을 했기 때문이었지 특별히 보고 싶었던 것도 아니었다. 광고를 보니 볼만하다 생각했고, 그래서 보러 갔는데 인생의 영화를 만난 것이었다. 그 후로 '한국' 영화를 다시 생각하게 되었다. 수많은 영화 중의 하나가 아니라, 지금 이곳의 이야기를 담은 영화를 생각하게 되었다.

대학교 1학년 때 아세아 극장에서 태창영화사 몇십 주년 기념이라면서 영화제를 했다. 이장호의 〈별들의 고향〉을 비롯하여 하길종의 〈바보들의 행진〉과 〈병태와 영자〉, 김호선의 〈겨울 여자〉, 임권택의 〈만다라〉 등을 상영했다. 사흘 정도를 가서 모든 영화를 봤다. 〈별들의 고향〉은 이장호의 천재성을 분명히 보여준 영화였고, 하길종의 영화들을 뒤늦게 보면서 감탄했다. 다른 영화들도 마찬가지였다. 이제는 영화의 국적 같은 것은 상관없었다. 이 영화들을 뒤늦게라도 만난 것에 감사했다. 그리고 꾸준하게 한국영화들을 보게 되었다. 할리우드나 유럽이나 한국이나 구분 없이 영화를 보게 되었다.

그러나 안타깝게도 이장호는 〈나그네는 길에서도 쉬지 않는다〉를 마지막으로 쇠퇴해버린다. 〈이장호의 외인구단〉으로 대성공을 거두며 상업영화와 예술영화 두 마리의 토끼를 다 잡겠다는 야심은 좋았지만, 기획영화인 〈미스 코뿔소 미스터 코란도〉의 대실패로 순식간에 몰락했다. 나는 논란의 여지가 많은 〈무릎과 무릎 사이〉〈어우동〉도 좋았고, 상업영화에 맹렬하게 뛰어든 이장호도 좋았다. 이거저거 베끼거나 허술한 구석도 많았지만 그것이 이장호의 힘이라고 생각했으니까.

나는아무것도몰랐다

황석영 〈죽음을 넘어 시대의 어둠을 넘어〉

고3이 되었지만 대학을 갈 생각은 없었다. 좋은 대학에 진학해야 내가 제대로 세상을 살 수 있을 것이라 믿지 않았다. 1학년 때 성적이 바닥을 달렸는데 2학년 때 일단 성적을 올려놔야 마음대로 놀 수 있다고 생각하여 벼락치기를 한 덕에, 주변에서는 그래도 마음을 잡았다고 생각했지만 아니었다. 고3이 되자, 생전 공부를 안 시키던 학교에서 갑자기 독서실을 만들어 반에서 상위권 학생들만 수업 후에 붙잡아두기 시작했다. 그런다고 공부를 할 생각은 없었기에 책을 읽으며 놀거나 잠을 잤다. 그렇게 3, 4월을 보냈다.

  5월 즈음에, 대학생이던 형이 가져온 자료집을 보게 되었
다. 후일 책으로도 나오게 된 황석영의 5.18 광주민중항쟁 자
료집『죽음을 넘어 시대의 어둠을 넘어』의 요약판 같은 것이
었다. 한 30쪽 정도의 흑백 자료집. 지금은 광주민주화운동
이라고 부르는 5.18이 있었던 해는 중학교 2학년이었다. 1학
년 말에 박정희가 죽었다. 기억이 난다. 아침에 학교에 가는
데 한 아저씨가 오더니 대통령이 죽었다고 했다. 누군지도 모
르는 사람이었다. 너무나 비현실적이었다. 매일 같이 TV 뉴
스에서 보던 그가 죽었다고 한다. 그 해에 대학생이었던 큰
누나는 시위에 나갔던 이야기를 해 줬다. 박정희가 그리 좋은
사람이 아니었다고 말해줬다. 충격이었다. 그해 말에 12.12
쿠데타가 일어났다. 밤에 총소리를 들었다. 그리고 5월이 되
었다. TV에서, 신문에서 광주에 '사태'가 일어났다고 했다.
간첩이 준동한다고 했다. 끔찍한 유언비어들이 돌고 있다고
했다. 소설 속에서나 보던 일들이 일어난 것 같았다. 그리고
얼마 뒤 잊혀졌다.

5.18 자료집에는 광주항쟁이 어떻게 벌어지게 되었고, 어떤 일들이 일어났는지가 담겨 있었다. 그리고 사진들이 실려 있었다. 팬티만 입고 벌거벗은 청년들이 묶인 채로 구타당하는 장면, 줄줄이 묶인 청년들이 끌려가는 장면, 죽었는지 살았는지 알 수 없는 채로 트럭 위에 널브러진 청년들의 모습 등등. 곤봉과 개머리판으로 그들을 치는 모습, 죽은 그들의 모습. 자료집을 보면서 나는 아무 말도, 생각도 할 수 없었다. 잔인한 장면들은 공포영화, 액션영화에서 수없이 보았다. 일부러 찾아서 잔인한 장면들만 보기도 했다. 나는 그 스펙터클 자체에 충격을 받지는 않았다.

잔인함. 나는 인간의 잔인함이 무엇인지 궁금해졌다. 5.18 자료집을 보고 난 후, 나는 생각했다. 인간은 어떻게, 어디까지 잔인해질 수 있는가. 사람은 어떤 목적을 위해서 살인을 하거나 잔인한 행동을 할 수 있다. 그것은 충분히 인정한다. 하지만 집단으로 그런 일들이 벌어진다면 대체 무슨 일이 있었던 것일까. 소위 말하는 '적'이 아니라 한 지역의 시민을, 그들을 보호하기 위해 만들어진 조직인 군대가 학살을 했다.

그 병사들은 자신이 무슨 일을 하는지 알고 있었을까? 그들은 무슨 생각을 했을까? 질문에 질문이 꼬리를 물고 이어졌다. 도대체 알 수가 없었다.

　나는 오만했다. 내가 최하라고 열등감에 빠져 있으면서도, 그들이 모르는 다른 세상을 내가 알고 있다고 믿었다. 그래야만 했다. 내가 바닥이라는 것을 인정하기에, 개별적으로는 당신보다 나은 하나를 만들려고 했다. 너보다는 공부를 잘하고, 너보다는 영화나 책에 대해 더 많이 알고, 그런 식으로 자기 위안을 해야만 했다. 세상을 살아가는 데 필요한 지식이 아니라 온갖 쓸모없는 지식을 채우면서 아웃사이더가 되려 했다. 나는 애초에 세상이 원하는 대로 살지는 않을 거야, 라고 합리화를 시켰다. 그래서 세상에 대해, 어느 정도는 안다고 생각했다. 당신들이 만든 세상은 이러이러하니까, 나는 거기에 동의하지 않으니까 이탈할 거야, 같은 유아적인 자기 합리화.

　하지만 아니었다. 나는 세상에 대해 아무것도 모르고 있었다. 내가 아는 것은 수박 겉핥기 같은 것이었다. 거죽을 보고, 맛보고는 다 안다고 생각하고 있었다. 나는 겁쟁이였다. 정면으로 돌파할 힘도 용기도 없었기에 끊임없이 바깥에서 맴돌고 있었을 뿐이었다. 고3 때 광주항쟁 자료집을 보고 나서 깨달았다. 내가 아무것도 모른다는 것을. 내가 이 세상 바깥으로 나가려면, 먼저 이 세상에 들어가 만져보고 경험해야 한다는 것을.

  그 순간, 대학을 가야겠다고 생각했다. 이후의 인생을 위해서가 아니라, 일단 대학을 가야만 알 수 있는 것들이 있을 것 같았다. 물어볼 사람도, 대답할 사람도 나에게는 없었기에 일단 대학을 가자. 가서 부딪쳐봐야만 알 수 있다고 생각했다. 그래서 일단 대학에 가기 위한 공부를 시작했다.

호러에 빠진 나날들

토비 후퍼 〈텍사스 전기톱 대학살〉

대학을 가야겠다 생각하고 공부를 시작했지만 갈 길이 멀었다. 이전까지 영어와 수학 참고서를 본 적은 한 번도 없었다. 수학의 정석, 성문 영어 같은 건 표지만 들여다봤을 뿐이다. 게다가 나는 문법 같은 것에 극도로 취약했다. 영어만이 아니라 국어에서도 문법이 나오면 도대체 이해가 불가능했다. 복문, 복합문 그런 말들이 나오면 그냥 포기했다. 그래서 과목마다 가장 간단한 참고서를 하나씩 골랐다. 수학은 학력고사 수학의 정석, 영어는 다니던 학교의 영어 선생이 쓴 에이스

영문법. 그 참고서만 죽어라고 봤다. 후일담을 이야기하자면 효과가 별로 없었다. 대학에 들어가고 나서 후배 고3들에게 경험담을 이야기해주러 가는 시간이 있었는데, 이전에 영어와 수학 공부를 거의 안 했는데 좋은 대학을 가고 싶으면 재수할 생각하고 1년간 깊게 파라고 했다. 아니면 애초에 문법 포기하고 단어와 독해만 공부하고, 수학은 기본만 파서 적당한 대학에 들어가던가.

안 하던 공부를 매일 같이 하느라고 힘들었다. 그래서 나름 기분전환을 위한 휴식 시간을 틈틈이 할애했다. 정규 수업이 끝나고 야간 학습을 하기 전에 두 시간 정도 비면, 학교 근처 만화가게에 가서 영화를 한 편 보고 왔다. 일요일은 반드시 쉬는 날로 정해 두고, 아무것도 하지 않았다. 피곤해서 책을 보기 싫으면 TV에서 야구 중계를 틀어 놓고 누워서 보다 자다 했다. 가끔은 일요일에도 학교를 나왔다. 개방해 둔 독서실에 가방을 두고, 나와서 주로 놀았다. 일요일만이라도 쉬지 않으면 뭔가 터져버릴 것 같았다.

어느 여름의 일요일이었다. 독서실에서 자다가 깨서 학교 밖으로 나왔다. 근처 만화가게로 갔다. 영화를 보면 따로 돈을 냈다. 영화가 시작되는데 이미 본 영화였다. 토비 후퍼의 〈텍사스 전기톱 대학살〉. 하지만 선택의 여지가 없었기에 다시 봤다. 여행을 간 대학생들이 미국 남부의 시골길을 달리다가 이상한 놈을 만난다. 그리고 이상한 집에 당도한다. 전기톱을 들고, 사람 가죽을 얼굴에 쓴 더 이상한 놈을 만난다. 그리고 하나 둘 붙잡히거나 죽는다. 인육을 먹는 사람들. 인간이지만, 인간이 아닌 것 같은 사람들. 이전에 봤을 때도 기분이 먹먹하고 몽롱해졌다. 하지만 그날은 심도가 깊었다. 만화가게에서 영화를 볼 때, 마치 내가 그곳에 있는 것처럼 끈적끈적하고 숨이 막혔다. 장면들을 볼 때마다, 화면에서 눈을 뗄 수가 없었다. 진짜 목격자인 것처럼, 반드시 지금 이 장면들을 지켜봐야만 한다는 책임감 혹은 의무감이 들었다. 등에는 차갑게 식어 내린 땀이 흐르고 있었다.

영화를 다 보고 바깥을 보니 비가 죽죽 내리고 있었다. 더 있을 수도 있었지만 밖으로 나갔다. 비를 맞으며 학교로 갔다. 아이들은 공부를 하고 있었고, 나는 주섬주섬 가방을 챙겨 나왔다. 여전히 비는 내리고, 나는 비를 맞으며 집으로 돌아갔다. 눅눅한 날이었고, 아무것도 하고 싶지 않았다.

나는 호러를 좋아한다. 미스터리, 스릴러, SF, 판타지, 괴담 등 온갖 장르를 좋아하지만 그중에서도 호러에 대해서는 조금 더 친밀한 애정이 있다. 누군가 물어봤다. 그 장르들 중에서 무엇을 가장 좋아하느냐고. 그때는, 그중 하나를 고를 수는 없었기에 대답했다. 내가 관심 있는 것은 '어둠' 같다고. 인간의 마음속에 있는, 극한의 어둠. 이 세계 혹은 무한한 우주에 존재하는 어둠. 물질적이건 심리적이건, 나는 어둠이 궁금하다. 무엇이 인간을 어둠으로 끌어들이고, 스스로 어둠에 휘말리는지 궁금하다. 모든 장르에 인간의 이야기가 있지만, 그중에서도 호러는 어둠에 직면할 수 있다는 점에서 끌린다.

어렸을 때 〈월하의 공동묘지〉〈목 없는 미녀〉 등의 영화를 보고 〈전설의 고향〉에서 구미호 등을 만나는 경험은 유쾌했다. 〈오멘〉〈서스페리아〉〈엑소시스트〉 등 오컬트도 좋았다. 중학교 즈음에는 〈13일의 금요일〉〈버닝〉〈헬 나이트〉 등 슬래셔 영화가 인기였다. 비디오로 좀비영화인 조지 로메로의 〈새벽의 저주〉와 〈죽음의 날〉을 봤다. 코믹 좀비영화인 〈바탈리온〉과 홍콩의 강시 영화들도 웃기고 흥미로웠다. 대학교 1학년 때 본 웨스 크레이븐의 〈나이트메어〉는 최고였다. 공포영화들을 보는 것은 시각적으로도 멋있었고, 그 안의 무엇인가를 궁금하게 만든다는 점에서 매혹적이었다. 그리고 인간이 아닌 다른 존재 혹은 세계에 대해 생각하게 만든다는 점도.

호러에 대한 이야기는 밤을 새우며 몇 날 며칠을 이야기할 수도 있지만, 지금은 하나만 이야기하고 싶다. 왜 나는 그 피투성이 세계에 끌리는 것일까? 아마도 호러는 이 세계의 날것을 그대로 드러내기 때문이 아닐까 싶다. 부정할 사람들도 많겠지만, 나는 호러가 이 세계의 진면목을 보여준다고 본다. 힘없고 용기도 없는 나는, 그 참혹한 세계를 바라보면서 이 세계를 외면하지 않으려고 한다. 그 잔인하고, 사지 절단된 신체를 보면서 잊지 않으려고 한다. 내가 어떤 세계에 살고 있는 것인지를.

 고3 여름의 어느 날, 〈텍사스 전기톱 대학살〉을 보면서 떠
올린 것은 아마도 악몽이었을 것이다. 내가 저 세계에 살고
있다는 것. 그리고 저 세계로 들어가는 것 이외에는 아무런
길도, 방법도 없다는 것. 그래서 암울했던 것일지도 모른다.

말없는 사막을 가다

빔 벤더스 〈파리 텍사스〉

대학 때, 명보극장에서 본 빔 벤더스의 〈파리 텍사스〉. 라이 쿠더의 음악도 좋았고, 이성적이면서 지극히 서정적인 빔 벤더스의 연출도 좋았다. 사막에서 남자가 헤매고 있다. 허름한 옷차림의 노숙자 같은 남자가 있다. 마을에서 발견된 남자의 이름은 트래비스이고, 연락이 닿은 동생 월트가 데리러 온다. 트래비스는 말을 잃었다. 아내인 제인, 아들인 헌터와 함께 살고 있다가 무슨 일인지 그들은 헤어졌고, 그는 사라졌다. 제인은 월트가 키우는 아들에게 한 달에 한 번씩 돈을 송

금하는 것뿐 연락 두절이다.

　돌아온 트래비스는 아들을 만나고, 잃어버린 과거를 찾아 나선다. 너무나 사랑했던 제인과 헌터. 사랑 때문에 트래비스는 제인을 속박하고, 의심하고, 스스로 무너져 내렸다. 사랑으로 이룩한 가정이 사랑 때문에 붕괴한 후, 그는 말을 잃어버린 채 방황한다. 아무것도 없는 사막을 헤맨다. 텍사스 주에 있는 파리. 프랑스의 파리를 텍사스 주에서 찾는 것은 미친 짓이라고 생각할 것이다. 그런데 정말로 텍사스에 Paris 라는 지명이 있다. 텍사스 주의 파리. 사막에, 파리가 있다. 사막은 아무것도 없는 장소가 아니다. 그곳에도 숲 못지않게 다양한 생명이 살고 있다. 보이는 풍경이 삭막해 보일 뿐, 생명이 살고 있는, 다만 험난한 곳이다.

　〈파리 텍사스〉에서 제일 좋았던 것은 물론 나스타샤 킨스키였다. 콜렉션에는 크게 관심이 없어 배우나 가수의 사진을 모은 적은 없었는데, 중학교 때 유일하게 나스타샤 킨스키의 사진을 몇 장 모았다. 많은 이들은 로만 폴란스키의 〈테스〉에 나온 청순한 나스타샤 킨스키를 떠올리겠지만, 나의 나스타샤 킨스키는 〈캣 피플〉이다. 일본 〈스크린〉에서 처음 〈캣 피플〉의 스틸들을 보았을 때의 충격은 지금도 아찔하다. 비를 맞아 흠뻑 젖은 흑발의 그녀. 불법 비디오로 본 영화 〈캣 피플〉은 매혹적이었다. 섹스를 하면 표범으로 변하는 종족. 사랑하는 사람과 섹스를 하게 되면, 표범으로 변해 그, 그녀를 죽여 버린다. 결코 사랑하는 '인간'과는 맺어질 수 없는 운명을 가진 존재들. 〈파리 텍사스〉의 그녀는, 너무나 아름다웠다. 트래비스가 유리창 너머 그녀를 바라볼 때, 트래비스의 마음을 이해할 수 있었다. 사랑 때문에 스스로를, 모든 것을 파괴할 수도 있을 것 같았다.

모든 것을 잃어버린 트래비스는 말도 잃어버린다. 아무와도 대화하지 않고, 아무에게도 말하지 않는다. 그렇게 된다. 나에게 아무것도 없다고 생각하면, 오로지 나의 잘못이라고 생각한다면 아무 말도 할 수 없게 된다. 말을 더듬게 된 이후 집에 가서는, 밖에서 있었던 이야기를 전혀 하지 않았다. 가까이 지내는 친구들에게는, 나에 대해 전혀 말하지 않았다. 내가 읽은 책과 영화에 대해서는 말했지만 나의 감정이나 생각에 대해서는 말하지 않았다. 누군가 나를 걱정하는 일이 정말 싫었다. 말하지 않아도 뻔히 알고 있을 나의 초라함, 열등감에 대해 말하는 게 싫었다. 고등학교에 들어가서는 거의 말을 하지 않았지만 누구나 알고 있었다. 누구나 알고 있는 그 사실에 대해, 내가 말하고 싶지는 않았다. 비난보다 동정이 더 싫었다. 강하지 않았지만 강한 척하고 싶었다.

지지리 공부를 못했던 고등학교였지만, 고3이 되자 학교에서 학부모들을 불렀다. 별생각 없이 통지서를 어머니에게 드렸다. 다녀오신 후 한참이 지나서 알게 되었다. 새로 만들어진 독서실의 선풍기를 사기 위해 그날 온 학부모들이 돈을 냈다는 것을. 그 후로 부모님을 모시고 오라는 어떤 통지도 무시했다. 인정할 수 없었다. 나는 어떤 도움도 받고 싶지 않았다. 나 혼자 이겨낼 수 없다면 처참하게 패배하는 것이 나았다. 내가 할 수 없는 것이라면, 깨끗하게 패배를 인정하고 나락으로 떨어지고 싶었다. 촌지이건, 지원금이건, 뭐건 결코 인정할 수 없었다. 최악의 상황이라면 차라리 혼자 죽는 게 나았다.

 고등학교 시절은 여전히 사막에서 헤매던 시절이었다. 고2 때부터 늘 붙어 다니며 극장에서, 다방에서 영화를 보던 친구에게도 내 이야기를 한 적은 한 번도 없었다. 대학에 가서는 내 이야기를, 과거는 빼놓고 그 순간의 이야기들만 했다. 그들과 공유하고 있는 그 순간들에 대해서만은. 그렇게 말을 시작하면서 세상으로 조금씩 걸어 들어왔다. 하지만 아직은 아니었다. 다만 사막에도 나름의 즐거움들은 있었다. 보고 듣는 즐거움. 대학 때 〈파리 텍사스〉의 트래비스를 보면서 생각했다. 사막의 적막함을 지나면 무엇이 있을까, 라고. 말을 잃어버린 트래비스는 돌아온다. 그리고 과거를 만나러 간다. 과거에 대해서 받아들이고, 내가 누구인지를 직면해야만 모든 것이 해결된다. 그런다고 과거의 상처가 치유되고, 그들이 행복하게 살아갈 수 있다는 것이 보장되지는 않지만, 그래도 조금은 편해진다. 그렇게 살아간다. 사막일지라도.

MONITOR

TAPE

S.O.S

OFF

3부

트루 라이즈

세상으로 나가다

라세 할스트롬 〈사이더 하우스〉

　어른이 되는 20년 동안, 호머는 보육원에서만 살았다. 낙태 수술을 하기 위해 찾아온 캔디에게 반하고, 사랑에 빠진다. 그리고 바깥 세계를 보기 위해 나간다. 아버지처럼 호머를 키웠던 라치는 말한다. '세상은 너에게 아무 혜택도 주지 못한다'라고. 하지만 나가야지만 알 수 있는 것들이 있다. 나가지 않으면 아무것도 배울 수 없다. 폐쇄된 낙원은, 낙원이 아니다. 낙원은 없었다. 나에게는 여기나 저기나 마찬가지였다. 아무것도 없는 심해의 어둠에 있으나, 두렵고 잔혹하지만 알 수 없는 저편으로 나가는 것은 같다고 생각했다. 다만 나가야만 알 수 있는 것들을, 알고 싶었다.

대학에 가기로 결심을 했고, 대학에 입학했다. 목표로 했던 대학의 과에 합격했다. 별 감흥은 없었다. 1년간 했던 공부를 거듭해야 하지 않는다는 것 정도가 기뻤다. 대운동장의 임시 게시판에 붙은 합격자 명단을 보고는, 합격증도 받지 않고 그냥 집으로 돌아와 나중에 다시 받으러 갔다. 대학에 들어가서 공부를 할 생각은 애초에 없었다. 수업 시간에 배울 수 있는 것은 책으로도 얼마든지 배울 수 있다고 생각했다. 그보다는 다른 것들, 세상이 감추고 있는 것들을 알고 싶었다. 하지만 전제 조건이 있었다.

대학에 들어가면 성인 취급을 받는다. 유아기, 사춘기를 거치고 이제 자립을 위한 마지막 걸음만 남은 것이다. 그런데 나는 중고등학교 시절을 단절된 채 보냈다. 사춘기에 필요한 나와 타인, 세계와의 관계를 만들어가는 과정을 겪지 않은 것이었다. 이제부터 나는, 사춘기의 사회화 과정을 경험해야만 했다. 어쩔 수 없이 폐쇄된 세계로 들어갔다가 이제 나오기로 결정했기 때문에 전혀 새로운 것들을 만나야만 했다. 적극적으로 아무것도 하지 않았던 과거에서 이제는 모든 것을 받아들여야만 하는 때가 된 것이다.

 결심을 했다. 아마도 나는, 내가 결정을 해서 무엇인가를 해야 한다면 아마 아무것도 하지 않을 것이다. 그러니 제의가 들어오는 것이라면 무엇이든 한다. 죽어도 할 수 없는 것이 아니라면 일단 뛰어든다. 그러기 위해 변해야만 했다. 이전에는 남의 집에 가서 밥을 먹거나 잠을 자는 일도 없었다. 밖에 나가면 꼬박 밤을 새우는 경우가 허다해졌다. 이제는 주는 대로, 있는 그대로 받아들이고 모든 것을 하겠다고 마음먹었다. 지금까지도 그 원칙은 유효하다. 지금 역시, 내가 모든 것을 결정하고 하고 싶은 대로 한다면 아마 나는 아무것도 하지 않을 것이다. 나에게로 침잠하여 조용히 아무것도 하지 않고 살아갈 것이다. 그래서 제의가 오면, 요청이 있으면 다 한다. 실패로 돌아가도, 그 실패의 기억이 나에게 경험으로 쌓일 것이라고 생각하기 때문에.

세상은 마음만으로 이루어지지 않는다. 모든 것을 하겠다는 것은 원칙이었다. 그렇게 받아들이면서 하는 모든 것들은 고통이었다. 모든 것이 낯설고, 모든 것이 처음이었다. 사람을 만나고 대화하고, 뭔가를 도모하고, 뭔가를 이루어내는 것. 나에게는 대학이 사춘기였고, 대학을 졸업한 뒤 한참이 지나서야 겨우 어른의 세계로 진입했다고 생각한다. 모든 것이 서툴렀기에 상처를 주고, 받고, 다투고, 피투성이로 겨우 지나온 성인식. 그러기에 의미도 있고, 지금 기억할 거리도 있는 시절들.

농담처럼 내가 보지 않는 영화들을 말한다. 십대 이전의 아이들, 노인들, 장애인들이 나온 영화는 가급적 보지 않는다고. 장애인이 나오지 않는 영화를 피하는 것은, 그것이 극복이건 연민이건, 그들을 보는 시선이 느껴지면 불편하기 때문이다. 육체적 장애는 아니지만, 그래서 쉽게 비웃음을 당할 수 있는 말더듬증을 가지고 있기에 '시선'은 불편하다. 그것이 선의이고, 연민이라 해도 불편하다. 내가 바라는 것은, 아무도 나를 보지 않는 것이다. 누구도 주목하지 않는 그림자가 되기를 원한다. 그래서 영화의 '중심'에 장애인이 있는 영화를 피한다. 노인은, 미래이기 때문에. 굳이 힘든 일을 지금 미리 보고 싶지 않아서.

아이들의 이야기보다는 청춘 영화를 좋아한다. 아마도 그건, 내가 경험하지 못한 시간이기 때문이라고 생각한다. 그 시절엔 아무것도 하지 않았기 때문에. 돌아가고 싶지는 않지만, 만약 그 시절로 돌아간다면 나는 좀 더 밖으로 돌아다닐 것이다. 책과 영화와 음악보다는 거리에서 사람들과 좀 더 많은 시간을 보낼 것이다. 고2 때 갑자기 친구가 소개팅을 하지 않겠느냐고 했을 때도, 거절했다. 모든 것이 귀찮았다. 고1 때 한 번 미팅을 하고는 별 흥미가 없었다. 학교 서클도 1학년 때 잠깐 나갔다가 그만뒀다. 아마도 하는 게 좋았을 것이라고 생각한다. 그래서 청춘의 그 시간을, 내가 아니라 남의 것이라도 보는 것은 좋고 재미있다. 아무리 처절한 고통의 순간일지라도 기꺼이 지켜볼 수 있다. 그 시간의 나는, 나만의 세계에 갇혀 있었으니까.

그래서 대학에 갔을 때, 나는 나가기로 결정했다. 일단 나가서 보는 것으로. 그러기 위해 지금까지와는 전혀 다른 삶을 살아야 한다고 생각했다. 받아들이고, 함께 하고, 무엇이든 하는 것으로. 그게 쉬울 리는 없다. 하루가 끝나고 밤중에 버스를 타고 돌아올 때면 늘 아득했다. 몸도 마음도 언제나 너덜너덜해져 있었다. 과거도, 그때도, 지금도 현실은 늘 아득하다.

개인과 집단, 혹은 대의

이안 〈색, 계〉

대학에 들어가면 학생운동을 해야겠다고 생각했다. 정의감이나 분노 때문은 아니었다. 대학 강의에서는 내가 원하는 지식이나 세상을 알 수 없을 것이라고 생각했기 때문이다. 자료집을 통해서 본 5.18의 실상은 언론에서 보던 것과는 전혀 달랐다. 유언비어라 했던 상당수가 진실이었다. 이전부터 음모론에도 한창 흥미를 느끼고 있었기에, 공식적인 정부의 주장이나 발표는 더더욱 믿지 않았다. 하물며 80년대에는 모든 것이 거짓이었다. 학교에서 배우는 것만으로는 세상을 알 수 없을 것이라 생각했기에 일종의 카운터컬쳐로서 학생운동을 생각했다. 그곳에서 말하는 것을, 생각하는 것을 알고 싶었다.

 신입생 환영회에 참가하고, 학생회실에 들락거리기 시작하면 선배들이 다가와 이야기를 한다. 대학에 들어간 1985년은, 84년부터 학원자율화가 시작되었기에 학내에 경찰이 상주하지 않았다. 하지만 프락치가 어딘가에 있을 것이라고 누구나 믿고 있었다. 과 선배와 후배로 만나 일상적인 이야기를 나누며 친해지다가, 후배가 흥미를 느끼면 다시 만나 써클에 가입을 권유했다. 소위 말하는 지하 써클이었다. 별다른 게 있는건 아니었다. 유물론과 사회주의 경제학 등을 공부했기 때문에 철저히 비밀에 부친 것뿐이었다. 가입을 하면 학내에서는 아는 척을 하지 않았고, 다른 학교에 가서 세미나를 했다. 빈 강의실이나 룸으로 된 카페에서.

 한 학번 위인 선배가 다가왔고, 이런저런 이야기를 나누다가 다시 만나기로 했다. 그리고 써클에 가입했다. 그러면 다른 선배를 소개시켜 주고, 같은 학번의 다른 과 학생들과 만났다. 지리교육과, 정치외교학과, 스페인어과 학생들과 한 팀이 되었다. 그 때는 셀이라고 불렀다. 일주일에 한두 번 만나서 세미나를 하고, 동기들끼리 술을 마셨다. 제기천변에서 밤새워 술을 마시고 학교에 들어가 잔디밭에 쓰러져 자기도 했다. 세미나를 하고, 술을 마시고, 학교의 집회와 가두시위에 참여하는 나날이었다. 당시의 적이었던 '군부독재'는 대체로 대학생들이라면 공감했고, 다만 시위에 본격적으로 참여하는가 아닌가 정도로 나뉘었다.

그 시절의 학생운동은 좌파였다. 사회주의를 신봉했고, 무력 혁명을 원했다. 1985년 후반부터는 반제국주의와 반미 구호가 정면에 나오기 시작했고, 미국문화원 점거와 분신 등이 줄을 이었다. 격동의 시기였다. 하지만 그 시절에 학생운동을 했던 이들이 모두 사회주의자였던가 하면 그건 아니다. 1학년에서 2학년, 3학년, 4학년으로 이어지면서 점점 참여하는 숫자는 줄어든다. 그럴 수밖에 없다. 학생운동을 계속한다면 미래의 길도 어느 정도 정해진다. 평범하게 대기업이나 은행에 들어가 중산층에 진입하는 길은 아니다. 87년 이전까지는 학생운동을 했으면 당연히 노동현장으로 가야만 했다. 다른 곳으로 빠지는 것은 쁘띠 부르조아지적인, 비난받아야 할 결정이었다.

나는? 회색이었다. 세미나는 열심히 했다. 철학도, 경제학도 새로운 것을 아는 것은 재미있었다. 하지만 나는 유물론자가 아니었다. 될 수가 없었다. 물질이 중요하고 결정적인 역할을 한다는 것에 동의할 수는 있지만, 그것이 모든 '운명'을 좌지우지한다고는 믿어지지 않았다. 그렇다. 믿을 수가 없었다. 그리고 나는 철저한 개인주의자였다. 집단의 주장이나 명령에 절대적으로 복종하는 것이 불가능했다. 동의할 수 없는 주장과 명령은 거부했다. 집단에 속해 있어도, 개인의 이해관계와 배치된다면 복종이 아니라 조정이 필요하다고 믿었다.

2학년 때, 학생회관에서 철야농성이 있었다. 일요일에도 함께 있었는데 갑자기 선배가 동기들을 소집했다. 오늘 밤에 경찰이 들어올 것 같으니 사람이 더 필요하다. 신입생들에게 연락을 해서 학교로 부르라는 것이었다. 나는 거부했다. 철야

농성을 하고 있다는 것은 누구나 이미 알고 있는 사실이고, 오늘 나오지 않았다면 이유가 있거나 그들의 의사일 것이다. 그런데 전화를 해서 부른다는 것은 강요이고, 명령이다. 나는 동의할 수 없다. 소리를 높이며 싸웠고, 그런 일들은 4년 내내 계속되었다. 집단의 절대적인 선이나 옳음은 존재하지 않는다. 그것이 나의 어리석은 고집이었다. 그러다 보니 늘 경계에서 맴돌았다. 학생운동을 하지 않는 동기들이 보기에는 수업에 들어가지 않고 학생운동을 하는 친구였고, 같이 학생운동을 하는 동료들 사이에서는 그다지 열성적이지 않은, 까다롭고 불편한 친구였다. 혹은 개량주의자이거나.

이안의 〈색, 계〉를 보면서 그 시절이 떠올랐다. 어설프고도 빈약한 생각과 행동들. 연극부에 들어간 왕치아즈는 선배들을 따라 항일운동에 참여하게 된다. 선배를 좋아해서다. 그런데 그들은 뭘 어떻게 해야 할지 몰랐다. 일본에 협력하는 관료에게 왕치아즈를 접근시키고, 그들이 제어할 수 없는, 괴상한 상황으로 굴러간다. 대의를 위해서 할 일을 만들어내고, 엉망진창이 되자 누군가를 희생시키면서 자기만 살아남으려 한다. 누가 악인이고, 누가 희생양인지 구분하는 것은 의미가 없다. 설익은 분노와 애매한 사상이 그들을 뒤틀린 선악의 세계로 몰아넣는다.

그 시절의 학생운동은 필요한 것이었다. 한국사회를 움직이는 중요한 동력이기도 했다. 그리고 그들의 선의도 분명하다. 그 안에는 명예를 위해 움직이는 자아도취형 인간이 있고, 자신의 알량한 권력을 위해 협잡을 꾸미는 음모가도 있었다. 하지만 다수는, 지식인의 책임에 대해 고민하고 불의에 분노하고 슬퍼하던 이들이었다. 언제나 그렇듯 세상은 개인의 의도와는 별개로 흘러가는 거대한 수레바퀴이지만.

습작은 연애편지로

장 폴라베노 〈시라노〉

글쓰기 강의를 할 때 늘 하는 말이 있다. 글을 잘 쓰고 싶다면 독자와 목적을 정확하게 설정해야 한다고. 그런 점에서 일기는 자신의 감정과 생각을 표현하는 훈련에 좋고, 편지는 독자와 목적을 고려한 글쓰기 훈련에 적합하다. 제라르 드빠르디유가 출연했던 영화 〈시라노〉에는 중세의 뛰어난 시인이며 검객이었던 시라노가 나온다. 문무에 능하니 여자들이 쇄도했을 것 같지만, 엄청나게 큰 코 때문에 사랑하는 여인에게 고백조차 못 하는 남자다. (지금 생각해 보면 코가 크다는 게 왜 결정적인 약점이 되는지 이해가 안 된다.) 절친한 벗이 하필이면 그가 사랑하는 록산느에게 빠져, 시라노에게 연애편지를 대신 써달라고 부탁한다. 시라노는 자신이 록산느를 사랑하는 열렬한 마음을, 친구의 이름으로 대신 써서 보낸다. 당연히 친구의 사랑은 이루어지고, 시라노는 평생을 곁에서 바라만 본다. 영화의 내용은 중요한 것이 아니고, 연애편지를 쓰는 것으로 습작을 했다는 작가들은 의외로 많다. 나 역시 연애편지가 중요한 역할을 했다.

대학을 들어가기 전까지 나에게 글이란, 고2부터 쓰기 시작한 일기 말고는 없었다. 그것도 2년간 노트 한 권 정도의 분량에 불과했다. 생산적인 일 자체를 안 하기로 마음먹었기 때문에 글을 쓰는 일도 피했다. 대학에 들어가서는 학생회실에 놓여 있는 잡기장에 글을 쓰게 되었다. 그야말로 잡다하게, 생각을 풀어놓는 글. 그러다가 꾸준하게 글을 써야만 하는 상황이 생겼다.

대학교 1학년의 첫 축제(그때는 대동제라고 했다). 5월이었다. 과 친구가 미팅을 주선했다. 학교 앞 카페에서 이대생들과 만났다. 그런데 남자가 한 명 부족했다. 시간이 되어도 오지 않자 결국 미팅은 파트너를 정하지 못한 채 무산됐다. 미안하다 이야기하고는 함께 축제 구경이나 하기로 했다. 무리 지어 학교로 올라가던 중, 나는 뒤에 처져서 걸었다. 마침 여학생 중에서도 느리게 올라가던 이가 있었다. 둘이서 이런저런 이야기를 하고, 돌아갈 때까지 함께 있었다. 그리고 편지를 보냈다.

그 시절에는 학교신문이 나오면 띠를 붙여 보내면서, 안에 편지를 쓰거나 편지지를 끼워 넣는 게 유행이었다. 따로 연락처를 알지 못해도 과사무실로 학보를 보낼 수 있었다. 편지를 써서 학보를 보내니, 답장이 왔다. 그렇게 학보 주고받기를 몇 번 반복하다가 만나기로 약속을 했고 두어 달 후에 연애가 시작됐다. 첫사랑이었다. 핸드폰이 없던 시절이고, 하숙을 하면 전화를 오래 하기도 힘들었다. 가장 확실한 의사소통 수단은, 느리지만 편지였다. 일주일에 두세 통씩 연애편지를 썼다. 그렇게 몇 달이 지났을 때, 그녀가 말했다. 글을 써보는 것이 어떻겠냐고.

이전에는 단 한 번도 생각해 보지 않았다. 대학에 들어가고, 학생운동을 하면서도 나는 미래를 생각하지 않았다. 회사에 취직을 하는 것도 아니었고, 현장에 들어가는 것도 아니었다. 나는 아무것도 할 수 없을 것이라고, 막연하지만 분명하게 생각했다. 그런데 그녀가 말했다. 글을 써보라고. 글을 잘 쓴다고. 그래서 생각했다. 그런가? 글을 써 볼까? 나에게 그런 능력이 있다면, 그것이라도 해 볼까, 라고.

그래서 무작정 글을 썼다. 연애편지를 쓰고, 잡기장에 쓴 글을 본 누군가의 청탁으로 학생회지에 쓰게 되고, 그러다 보니 교지와 학교 신문에도 쓰게 되었다. 수필도 쓰고, 책이나 노래극 리뷰도 쓰고, 영화 평론도 쓰게 되었다. 주어지는 대로 모든 것을, 쓰게 되었다. 그러다 글을 쓰겠다는 친구들과 어울려 문학회를 만들고, 졸업 후 문화운동 판에도 잠시 뛰어들고, 이러니저러니 하다가 글 쓰는 일로 벌어먹게 되었다. 그녀 덕분이었다.

그녀와는 6개월 정도 연애를 하고는 채였다. 그런데 후일담이 한가득은 더 있다. 그 후로도 몇 년을 더 만나고, 또 몇 년을 소식이 끊겼다가 또 만나고, 그렇게 이어졌다. 연애는 아니었지만 재미있었고, 그 또한 애절했다. 그렇게 그녀는, 내 기억에 영원히 남았다.

실패한 영웅에 끌리다

임영동 〈용호풍운〉

백산서당에서 나온 『전공투』라는 책이 있었다. 60년대 말 일본 학생운동의 역사를 풍부한 삽화와 함께 보여주는 책이었다. 일본 학생운동에는 수많은 분파가 있었고, 그들이 모여 만든 공동투쟁위원회를 줄여 '전공투'라 불렀다. 시위가 있을 때면 분파마다 자신들의 이름을 적은 헬멧을 쓰고, 마스크나 두건으로 입을 가리고 참가했다. 일본 전국시대에 양주 가문의 문장을 내건 깃발을 들고 전투에 참가했던 것처럼.

『전공투』가 보여주는 일본 학생운동의 격변도 재미있었지만, 무엇보다 그림이 좋았다. 원서의 제목은『삽화 전공투』였다. 예를 들어 시위에 나갈 때의 복장과 설명이 자세하게 그려져 있다. 신발은 앞부분이 딱딱한 작업화를 신는 경우가 있었는데, 기동대의 방패가 운동화의 발등을 내려찍는 것을 막기 위해서였다. 연행되었을 때 심문에 어떻게 대처하는지, 구류를 살 때 어떻게 행동해야 하는지 등도 그림으로 설명되어 있었다. 뜨거웠던 그 시절을 보는 것은 흥미진진했다.

동경대 학사과정까지 중단시켰던 야스다 강당 점거 투쟁 때 적혀 있던 문구들도 있었다. '연대를 구해 고립을 두려워 않고 힘 미치지 못해 쓰러지는 것을 개의치 않지만, 힘 다하지 않고 꺾이는 것을 거부한다.' 인상적이었던 건 '우리는 내일의 죠다'라는 문구였다. 치바 테츠야의 만화『내일의 죠』. 한국에는 '도전자 허리케인'이라는 제목으로 소개된 『내일의 죠』는 보육원 출신으로 권투 선수가 된 죠의 파란만장한 투쟁의 역사를 그리고 있다. 아무리 맞으면서도 끝내 쓰러지지 않고 앞으로 전진했던 죠. 마지막 순간, 모든 것을 하얗게 불태우고 죽어간 죠. 결코 순응하거나 복종하지 않고, 세상과 싸우면서 자신의 꿈을 지켜나갔던 죠. 내일의 죠는 전공투 학생들이 숭배하는 비극적인 영웅이었다.

서구도 그랬고, 일본의 68혁명은 문화혁명이기도 했다. 기존의 모든 것을 거부하고, 젊은 그들의 문화를 만들어낸 시대. 일본에서는 영화, 재즈, 만화가 젊은이들의 새로운 경전이 되었다. 영화에서는 실험적인 정치영화를 만든 오시마 나기사와 정치적인 핑크영화를 만든 와카마츠 코지가 있었고, 만화는 시라토 산페이의 『닌자 무예장』과 치바 테츠야의 『내일의 죠』가 있었다. 만화에 열광했던 당시의 젊은이들은 1970년대 이후 만화를 일본 문화예술의 주류에 오르게 한 원동력이었다. 만화 평론이 시작되고, 음란성으로 고발된 에로 망가들을 적극적으로 옹호했다. 무라카미 류가 『영화소설집』에서 말했듯, 1970년대 성인물을 내던 출판사에는 학생운동 출신 한 두 명씩이 반드시 음울하게 자리 잡고 있었다. 그들은 성으로 정치를 말하려 했고, 세상 모든 것에 반발하며 자멸하기를 원했다. 아무리 세상에 짓밟히고 더럽혀져도 무룡만은 꿇지 않겠다는, 차라리 선 채로 죽겠다는 비극적인 영웅을 원했다. 바로 〈영웅본색〉의 소마다.

1980년대 후반 한국에는 홍콩 누아르가 당도했고, 열광했다. 〈영웅본색〉은 개봉관에서는 무시당했다. 하지만 재개봉관으로 넘어가면서 엄청난 인기를 끌었다. 마침 관계 법령이 바뀌면서 곳곳에 소극장이 생겨났고 대학가 주변의 소극장들은 〈영웅본색〉과 〈천녀유혼〉으로 대성공을 거두었다. 암흑가의 보스였던 송자호가 음모에 휘말려 감옥에 가고, 친구인 소마는 복수에 성공하지만 다리에 부상을 입는다. 그들의 부하였던 아성이 보스가 되고, 불구가 된 소마는 주차장 일을 하며 푼돈을 번다. 경찰이 된 동생을 위해 손을 씻으려는 송자호와 배신한 아성을 처단하고 과거의 영광을 되찾자는 소마. 처절하다. 소마는 오로지 복수를 위해 굴욕의 세월을 견뎌냈다. 다시 검은 코트를 입고 권총을 손에 쥔 소마에게, 당대의 젊은이들은 공감했다. 총을 맞고 죽어가는 소마에게 모든 것을 이입했다. 열렬하게, 자신의 믿음을 위해 싸우다가 죽고 싶었다. 일종의 최면일지라도, 황홀하다.

나도 주윤발에게 혹했다. 대학교 3학년 때는 검은색 롱코트를 구해서 입고 다녔다. 목포까지 밤기차를 타고, 통통배로 20시간이 걸려 제주도에 갔을 때도 그 검은 롱코트를 입고 갔다. 거리를 걷다 보면 검은 색 롱코트를 입은 남자들이 간혹 보였다. 창피하기도 했다. 그 시절 내가 좋아했던 홍콩 배우는 주윤발, 이연걸, 장학우, 종초홍, 오천련 등이었다. 〈영웅본색〉은 극장에서 보기 전에 불법 비디오로 먼저 보았고, 〈천녀유혼〉은 아세아극장에서 봤다. 성룡 주연의 무술영화 말고는 홍콩영화에 대한 정보가 거의 없을 때라 〈천녀유혼〉을 볼 때는 극장 안에 한 10여 명 정도뿐이었다. 하지만 〈영웅본색〉과 〈천녀유혼〉이 학교 앞 소극장으로 왔을 때는 만원이었다. 왕조현, 장국영, 유덕화, 임청하 등이 CF에도 출연하며 엄청난 인기를 누렸다.

〈영웅본색〉도 좋았지만, 주윤발의 영화 중에서 제일 좋아하는 작품은 임영동의 〈용호풍운〉이다. 한국에서는 〈미스터 갱〉으로 개봉했다. 비디오로 몇 번을 보고 너무 좋아서, 종로 5가의 한일극장에서 개봉했을 때 친구들을 끌고 갔다. 친구들은 〈영웅본색〉이 더 좋다고 했지만 지금도 나는 〈용호풍운〉이 가장 가슴에 남아 있다. 코는 범죄조직에 잠입한 경찰이다. 자신의 신분을 밝힐 수 없는, 그의 정체를 모르는 경찰에게 끌려가 고문도 당하는 초라한 신세다. 주윤발이 연기하는 코가 무장강도단의 리더인 이수현을 만나 우정을 나눈다. 후일 그들이 〈첩혈쌍웅〉에서 경찰과 킬러로 나와 우정을 나누는 것처럼.

시종 도시의 푸른 불빛이 감도는 〈용호풍운〉은 슬프다. 〈영웅본색〉의 소마는 목표가 있었다. 복수를 하고 다시 정상에 오르겠다는 꿈. 그것을 위해 지금을 참고 견딘다. 코도 견디기는 한다. 하지만 그의 꿈이라는 것은 기껏 해봐야 원상복귀다. 첩자 노릇을 하느라 가정은 파탄이 났고, 그는 혼자다. 우정을 나누지만 그는 결국 배신해야만 하는 적이다. 비정한 도시에서 그는 홀로 춤추고 있다. 재즈의 선율에 몸을 맡기고 흐느적거린다. 지금 해야 할 일은 있지만, 그것이 어떤 미래로 나아갈지는 아무 확신이 없다.

그런 느낌은 〈영웅본색3〉에서도 있었다. 2편에 이어지는 3편은 과거로 돌아간다. 소마는 베트남 출신이다. 베트남이 통일될 때 홍콩으로 빠져나왔다. 〈영웅본색〉과 〈천녀유혼〉 〈동방불패〉의 제작자이자 〈황비홍〉의 감독인 서극은 베트남 출신의 화교였다. 다른 민족이었지만, 자기가 태어난 나라에 더 이상 발을 붙일 수 없게 된 상황을 서극은 겪었다. 그리고 홍콩 역시 1997년에는 중국으로 반환된다. 홍콩인들의 미래는 불확실했고, 서극은 자신의 경험이 되풀이될 수 있다는 두려움을 가졌다. 그런 서극이기에 1980, 90년대에 홍콩은 물론 한국과 일본도 환호하는 영화들을 연이어 만들 수 있었다. 더 이상 미래가 보이지 않는, 희망을 꿈꿀 수 없는 사회에서 영웅은 어떻게 패퇴하고 자멸해 가는가.

〈용호풍운〉은 후일 다른 풍경으로 만나게 되었다. 쿠엔틴 타란티노의 〈저수지의 개들〉. 온갖 아시아 영화와 B급 영화의 마니아인 타란티노는 〈용호풍운〉의 캐릭터와 설정을 가지고 와서 〈저수지의 개들〉을 만들었다. 한 영화제에서 기자의 질문을 받자 타란티노는 태연하게 답했다. 〈용호풍운〉을 너무 좋아해서 가져왔다고. 그 이상 질문이나 비난할 수 없는 이유는 〈저수지의 개들〉이 〈용호풍운〉과는 다른 영화이기 때문이다. 베낀 것이 아니라 아이디어를 가지고 와서 완전히 다른 영화를 만들었기 때문이다. 그것만은 누구도 반박할 수 없다. 똑같은 인물과 사건이 있어도, 독창적인 세계를 가진 사람이 작품을 만들면 완전히 다른 것이 된다. 똑같은 환경에서, 똑같은 교육을 받고 자라도, 인간은 누구나 다르게 성장한다. 비슷하면서도 전혀 다른 인간이 된다.

시네마테크를 가다

레오스 까락스 〈나쁜 피〉

대학을 가면서, 정확하게 말하면 학생운동을 하면서 멀리 하게 된 것들이 있었다. 가요는 들었지만, 팝 음악은 듣지 않았다. 딱히 미 제국주의 어쩌고 해서 그런 건 아니다. 이야기할 사람도 없고, 함께 듣기도 모호하고 하여 자연스레 멀어졌다. 헤비메탈은 브리티쉬 메탈인 아이언 메이든과 색슨 정도에서 멈췄고 메탈리카와 메가데스는 한참 뒤에야 들었다. 그다지 좋아하지도 않는다. 팝음악을 다시 듣기 시작한 것은 얼터너티브가 나온 다음이었다. 하지만 너바나도, 오아시스와 블러 등 모던 락도 그다지 좋아하지 않았다. 사이키델릭한 쿨라 쉐이커나 블루스 느낌이 나는 카운팅 크로우즈 등을 조금 좋아하는 정도.

장르 소설도 멀어졌다. 시간이 없었다. 대학 시절 가방에는 늘 3권의 책이 있었다. 시집, 소설책, 이론서. 소설은 주로 한국문학이나 님 웨일즈의 『아리랑』, 막심 고리키의 『어머니』 같은 사회주의권의 작품이었다. 거의 매일 같이 철학과 경제학 책을 읽고 토론하는 세미나가 있었다. 끝나면 술을 진탕 마셨다. 학생회 활동을 하고, 가끔은 가두시위에 나갔다. 대신 만화를 엄청나게 읽었다. 만화가게에 들어가면, 공간이 변하는 느낌이었다. 대학이라는 공간에서 벗어나 다른 세계로 진입하는 것이다. 그 안에서 온갖 만화들을 읽었다.

환경 탓에 이런저런 것들을 잠시 멀리했지만, 영화만은 놓을 수 없었다. 학교에 있다가도 내키면 혼자서 영화를 보러 갔다. 어느 날, 시험을 보고 나니 비가 내리고 있었다. 혼자 아세아 극장에 가서 〈천녀유혼〉을 봤다. 축제 기간에 〈나이트메어〉를 보고, 여자친구와 〈지옥의 묵시록〉을 봤다. 미국이건 홍콩이건 국적을 가리지 않았다. 불법 비디오는 거의 사라지고 CIC 등 새로운 레이블이 등장하여 극장에서 개봉하지 않는 재미있는 영화들을 출시하기 시작했다. 술을 안 마시고 집에 들어간 날은 밤새 비디오를 보고 오후에 등교했다. 〈영웅문〉〈의천도룡기〉 등 중국 무협 드라마를 빌려 며칠에 걸쳐 보곤 했다. 김용 원작의 무협지는 언제나 만족스러웠다. 고룡의 『초류향』 등 다른 무협물도 좋았다.

〈스크린〉은 고3 때인 1984년에 창간했다. 영화 정보를 얻는 방법은 그뿐이었다. 정성일이 편집장을 했던 〈로드쇼〉는 1989년에 창간했다. 혼자 영화를 보면서, 영화에 대한 책들을 사서 읽었다. 루이스 자네티의 『영화의 이해』를 읽을 땐 줄을 쳐가면서 영화의 구조에 대해 이해를 하기 시작했다. 다음은 잭 C. 앨리스의 『세계 영화사』. 그 시절 영화 개론서와 영화사 책은 그것뿐이어서 선택의 여지가 없었다. 1989년에는 이효인과 이정하 등이 참여한 〈민족영화〉라는 무크지가 나왔고, 독립영화집단인 장산곶매가 만든 광주항쟁 영화 〈오!

꿈의 나라〉도 비공식적으로 상영을 했다. 박광수의 〈칠수와 만수〉도 극장이 아니라 독일문화원에 가서 봤다.

영화에 대해 더 많은 것을 알고 싶었지만 당시에는 영화에 대한 책이 너무 없었다. 그래서 3학년 때 신촌의 '영화마당 우리'라는 곳에서 열리는 단편영화 워크샵을 신청했다. 지금은 HD로 손쉽게 찍을 수 있지만 그때는 16밀리도 아닌 8밀리로 제작하는 단편영화였다. 몇 번의 제작 강의를 듣고, 팀을 짜서 단편영화를 만들었다. 아이템을 가져와서 어떤 소재와 주제로 만들 것인지 토론하다가 이야기가 이상한 방향으로 빠지면서 '서울'의 다큐멘터리를 찍는 것으로 결정됐다. 이태원, 청량리 588, 상계동의 철거지역 등을 다니면서 찍었다. 편집을 할 때는, 나와 회사원 한 명만 남아 있었다. 영화에 대한 글도 여기저기 썼다. 공식적으로 처음 매체에 실린 영화글은, 대학생 기자로서 〈스크린〉에 쓴 〈파리 텍사스〉 리뷰였던 것 같다. 그리고 대학 신문에 영화평을 쓰고, 교지에는 거창하게 영화이론에 대해 쓰기도 했다.

그래도 부족했다. 이를테면 영화 개론서와 영화사 책을 몇 번이나 읽었지만, 거론되는 영화들 태반을 볼 수 없다는 사실이 안타까웠다. 그런데 졸업할 즈음 새로운 방법이 생겼다. 나보다 조금 윗세대의 영화광들은 '다른' 영화를 보기 위해 프랑스와 독일 문화원을 드나들었다. 그것이 1990년대에는 사설 시네마테크로 바뀌었다. '영화공간 1895' '씨앙씨에' '문화학교서울' 등이 대표적이다. 영화잡지에서 소식을 듣고, 나도 사설 시네마테크를 가기 시작했다. 그런데 이상하게도 유명한 곳은 가고 싶지 않았다. 나는 조용하게, 가급적 사람을 적게 만나면서 보고 싶었다. 동숭동에 있던 '영화사랑'이란 곳을 발견했다. 사람이 별로 없었고, 안에서 모임 같은 게 만들어지지도 않았다. 혼자 가서 영화를 몇 편씩 몰아보고 조용히 나왔다. 그래서 영화사랑은 한 2년 정도 뒤에는 사라져 버렸다.

그곳에서 수많은 영화를 봤다. 영화의 시작점인 뤼미에르 형제의 〈기차의 도착〉과 멜리에스의 〈달세계 여행〉부터 루이스 브뉘엘의 〈안달루시아의 개〉, 오슨 웰즈의 〈시민 케인〉, 베르나르도 베루톨루치의 〈파리의 마지막 탱고〉 등 고전과 짐 자무쉬의 〈천국보다 낯선〉, 레오스 까락스의 〈나쁜 피〉, 장 자끄 베네의 〈디바〉 등 당대의 새로운 영화들. 좋았다. 정말 좋았다. 커다란 화면에서 스펙터클한 영상을 보는 것도 정말 좋아하지만, 새로운 자극을 던져주는 영화들도 너무 좋았다. 나의 모든 것을 건드리는 영화들을 보면서 그 영화들 속으로 들어가고 싶었다. 그 안에 파묻혀 지내고 싶었다.

그런데 묘하게도, 온종일 시네마테크에서 영화들을 보고 나서 집으로 올 때는, 비디오 가게에 최면에라도 걸린 듯 또 들어갔다. 정신적으로 완전히 지친 상태에서, 또 다른 영화들을 보고 싶었다. 시네마테크에서 본 영화들과는 전혀 다른, 아무 생각 없이 볼 수 있는 싸구려 영화들. 그저 웃고, 무서워하거나 쾌감을 느낄 수 있는 오락 영화들. 코미디, 공포, 액션 영화들을 다시 빌려 집으로 들어가 틀었다. 나에게 영화라는 세계는, 그 모든 것이었다. 어느 하나를 빼고는 존재할 수 없었다. 정신적 고양도 필요하고 오락과 위무도 필요하다. 그렇게 나는 영화에 끌려 들어갔다.

만화의 시대

허영만 『고독한 기타맨』

월간 〈만화광장〉이 창간된 건 1985년 12월이었다. 이어서 〈주간만화〉〈매주만화〉 등의 새로운 잡지들이 창간되었다. 그리고 1987년 〈만화광장〉에 허영만의 『오! 한강』이 연재되기 시작했다. 만화가 대학생들 사이에서 인기를 끌기 시작한 것도 그때였다. 운동권 학생들에게는 『오! 한강』과 전혜린의 『북해의 별』이 필독서였다. 『오! 한강』이 당시 안기부의 지시로 만들어진 일종의 반공만화로 시작되었다고 하지만, 리얼리즘은 그 이상을 뛰어넘는다. 그 시절은 거의 모든 것이 금지되어 있었기에 단지 '사실'을 밝히는 것만으로도 충분히 '의식화'가 되던 때였다.

　나는 중학교를 들어가며 발을 끊었던 만화가게에 이현세의 『공포의 외인구단』을 보기 위해 고3 때부터 다시 출입했다. 이현세의 『지옥의 링』, 고행석의 불청객 시리즈, 이재학의 『촉산객』과 『검신검귀』 등을 봤다. 어떤 매체든 마찬가지로, 장르를 가리는 것은 없었다. 범죄물, 코미디, 무협 등등 가리지 않고 봤다. 그러다가 허영만의 『카멜레온의 시』와 『고독한 기타맨』을 봤다. 『카멜레온의 시』에 인용된 로트레아몽의 『말도로르의 노래』는 느닷없이 베스트셀러가 되기도 했다. 염세적인 『카멜레온의 시』도 좋았지만 나는 『고독한 기타맨』에 더 끌렸다. 비 오는 날, 술에 취한 아버지가 무너지는 담벼락에 깔리는 장면을 보며 만화 컷의 연출에 대해 생각하게 되었다. 『올훼스의 창』과 『북해의 별』 『아르미안의 네 딸들』을 접하면서 순정만화를 다시 보게 되었다.

　그리고 〈만화광장〉에 실린 박흥용의 단편 중에서 『EXIT』를 봤다. 말더듬이 청년은 오토바이를 탄다. 오토바이를 타고 달리면, 이 세계를 달리면서도 완벽하게 단절될 수 있다. 속도가 올라갈수록 보이는 것도, 소리도 달라진다. 나는 다른 세계에 있다. 그것만이 현실에서 도망칠 수 있는 유일한 길이다. 집을 나와 자유를 찾은 고양이의 고독에 관해 이야기하는 작품도 있었다. 제목은 기억나지 않는다. 배고플 수 있는 자유. 하지만 그건 고통이고, 슬픔이기도 하다. 자신이 선택한, 불편하고 처참한 자유. 그러나 만끽하는 자유.

1980년대 후반은 한국만화의 다양한 실험이 이루어지던 시대였다. 나도 원 없이 봤다. 특히 대학교 3학년 2학기 때는 거의 학교 앞 만화가게에서 살다시피 했다. 6월 항쟁이 끝나고, 야릇한 해방감이 있었다. 6월 항쟁의 목표로 내걸었던 대통령 직선제를 쟁취했다는 만족감도 있었지만 분명히 불안했다. 그러면서도 처음 얻은 승리에 도취되어 우리는 무엇이든 할 수 있을 것 같았다. 결과는 역사가 말해주듯이 실패였고 참담한 착오였지만 그때까지는 그랬다. 어찌 보면 일시적인 진공 상태의 평화였다. 2학기 때 나는 툭하면 만화가게에 틀어박혀 시간을 보냈다. 학생회 활동을 하다가 4학년에는 문과대 학술부장이 되었지만 크게 달라진 것은 없었다.

마침 1987년 즈음 일본 만화 번역본이 대량으로 풀렸다. 단속으로 없어졌다가 시간이 흐르면 다시 마구 해적판이 발행되다가 1년쯤 지나 사라지고 하는 반복이었다. 무슨 일이 있었던지 1987년에 나온 일본만화 해적판의 양은 엄청났다. 그 만화들을 다 보기 위해서라도 만화가게에 틀어박힐 수밖에 없었다. 회의 시간도 잊은 채 만화에 열중하다 끌려가는 날도 있었다. 가장 인기 있었던 만화는 『크라잉 프리맨』이었다. 이케가미 료이치의 야하고 폭력적인 남자 만화. 납치되어 최고의 암살자가 된 그는 살인을 할 때마다 눈물을 흘린다. 사람을 죽이는 것은 자신의 본의와는 상관이 없다. 죽이라는 명령을 받았으니까 죽이지만, 그는 죽어가는 상대를 위해 눈물을 흘린다. 혹은 누군가를 죽여야만 하는 자신의 운명을 저주하며. 『크라잉 프리맨』은 세계적인 인기를 누리며 마크 다카스코스 주연의 〈크라잉 프리맨〉과 허관걸 주연의 〈루안살성〉 등 영화로도 만들어졌다.

테라사와 부이치의 스페이스 오페라 〈우주해적 코브라〉도 그때 처음 만났던 것 같다. 미남자인 우주해적 코브라가 쫓고 쫓기는 생활에 싫증을 내고 사라진다. 성형을 하고, 기억을 지우고 완전히 보통 사람이 된 것이다. 만화의 시작은 코브라가 기억을 되찾고(얼굴은 미남자가 아니라 못 생기고 친근한 모습 그대로) 다시 호쾌한 해적의 길로 돌아가는 이야기다. 그런데 설정이 필립 K. 딕의 소설이 원작인 〈토탈 리콜〉과 비슷하다. 원하는 꿈을 꾸게 해주는 기계를 이용하던 남자가 알고 보니 자신의 과거 기억을 보고 있었다는 것. 왼쪽 손에 사이코 건을 달고 있는 코브라의 맹활약을 그린 〈우주해적 코브라〉는 하드 SF의 면모도 있고, 아리따운 미녀와 괴상한 외계인들이 등장하며 스페이스 오페라의 활극 요소도 한껏 담고 있는 걸작이다.

나중에 정식판 〈닥터 쿠마히게〉로 나온, 나가야스 타쿠미의 〈닥터 쿠마〉도 좋았다. 대학병원을 박차고 나와 온갖 인간군상을 만날 수 있는 신주쿠 거리에서 작은 병원을 하는 의사의 이야기다. 곰처럼 우직하고, 강인하고, 인간적인 의사 이야기. 후일 소설 『백색 거탑』과 만화 『헬로우 블랙잭』 등을 통해 일본에서 의국에 속하지 않는 의사가 얼마나 험난한 길을 걸을 수밖에 없는지를 알게 되었다. 쿠마히게는 돈과 명예를 거부하고 사람들과 함께 하는 길을 택했다. 휴먼 스토리. 눈물 나는 감동적인 스토리도 좋았다.

그리고 『공작왕』과 『북두의 권』을 만났다. 서양에서도 엄청난 인기를 끌었던 브론슨 원작, 하라 테츠오 그림의 『북두의 권』은 그야말로 남자에 의한, 남자를 위한, 남자의 만화다. 모든 것에 정면으로 맞부딪쳐 최강의 남자로 서겠다는 야망. 자신의 이상을 위해서는 어떤 비난도 감수하고, 오로지 자신의 길을 고독하게 가겠다는 남자. 찌질하게 바닥에서 야비하게 구는 악당 말고 정상에서 군림하는 '악의 화신'이 되는 남자들에게는 모두 그만의 이유가 있다. 그래서 마초적이고 철저하게 파시즘적인 만화인데, 그래서 재미있다. 울컥한다.

오기노 마코토의 『공작왕』은 세계를 파멸시킬 운명을 가지고 태어났으나, 승려들에게 키워지면서 오히려 악귀들과 맞서 싸우게 된 공작왕의 이야기다. 이런저런 요괴들과 싸우다가 점차 이야기가 거대해지고 마침내 세계의 운명을 좌우하게 되는 싸움으로 전개되는 『공작왕』은 개인적으로 당시에 본 최고의 만화였다. SF도 좋아하지만 초자연적인 요괴와 귀신 이야기를 더 좋아하는 개인적 취향 덕분에. 당시에는 원표와 글로리아 입 주연의 〈공작왕〉이 국내에 개봉되기도 했다. 하지만 공작왕을 맡았던 미카미 히로시의 분량을 대폭 편집된 한국판이었다. 일본영화가 금지되어 있던 시기라 원표가 주연을 맡은 길상을 주인공으로 편집한 판본이었다. 글로리아 입의 미모가 폭발했던 영화이고.

만화잡지들이 창간하며 한국만화가 폭발적으로 성장한 동시에 음성적이지만 좋은 일본만화들이 한꺼번에 소개되던 그 시절은 가히 만화의 시대였다. 다만 좋은 시절은 얼마 가지 못했고, 청소년보호법의 직격탄을 맞고 사회의 해악 정도로 만화가 비난받는 일도 여전했다. 문제는 언제나 만화가 아니라 '사회'였다.

글을 쓰기로 하다

무라카미 하루키 『세계의 끝과 하드보일드 원더랜드』

3학년 때부터 친해진 친구가 있었다. S라고 하자. 1986년 10월, 건대에서 시위를 하던 학생들이 경찰에게 포위되어 농성을 하다가 진압된 사건이 있었다. 과 동기만 5, 6명이 구속된 큰 사건이었는데, S도 구속 학생 중 하나였다. 그날 아침, 선배에게서 전화가 왔다. 건대에 일찍 들어가야 할 것 같으니 바로 나오라는 것이었다. 전화를 끊고는 더 잤고, 오후에 학교에 나가 농성 소식을 들었다. 학생회 활동에 열성적이었던 동기들인지라 미적지근했던 나도 이후에는 더 많은 일을 해야만 했다.

S는 항상 선두에 있었다. 말은 난해했지만 행동에서는 앞섰다. 구속에서 풀려난 S는 나와 같은 팀에 소속되어 세미나를 했다. 언제나 했던 철학, 경제학 등등. 토론하고, 술 마시고, 동기 집에 가서 자기도 했다. 그러면서 많은 이야기를 했다. 어느새 S와 나는 가장 친한 친구가 되어 있었다. 주류였고, 중심이었던 그가 왜 나와 가까워진 것일까. 언젠가 물어봤더니 답했다. 활동이나 시위 때 그다지 열성적이지 않아 관심이 없었는데, 세미나를 하면서 끌렸다고. 그렇게 철학이나 경제학이나 잘 이해하는데 왜 실천에서는 다르게 행동하는 것일까, 궁금했다고. 이론과 실천의 괴리로 보였지만 궁금했다고.

나는 대로의 바깥에 서 있었다. 그들 모두가 동의하고 가는 방식에 굳이 동의하지 않았다. 그들이 가는 길은 인정했지만 나도 그렇게 하지는 않았다. S는 역사소설을 쓰기 위해 사학과에 왔다는 친구였다. 그와 운동 이야기보다는 문학 이야기를 더 많이 했다. 그러다가 그가 다른 과의 친구들을 끌고 왔다. 학생운동을 하면서도, 문학에 많은 관심이 있는 친구들이었다. 다르게 말한다면 문학에 뜻이 있었는데 그 시절엔 운동에 더 열성적인 친구들. 87년이 지나면서 노동운동 이외의 미래는 없었던 과거와는 조금 달라졌다. 자신의 방식으로 지속적인 운동을 할 수 있다고 믿게 되었다. 문화운동의 가능성을 알게 되었다.

마침 집단창작이라는 것이 있다는 정보도 입수했다. 사회주의 국가에서는 하나의 작품을 다수의 작가들이 참여하여 집단적으로 써 낸다는 것. 우리도 해보자고 생각했다. 6, 7명 정도 모여 세미나도 하고, 어떤 소설을 쓸 것인지 토론도 했다. 학교 앞에 있던 한 친구의 자취방에 거의 매일 모였다. 결국은 어떤 작품을 쓸 것인지 결정도 못 했고, 한 줄도 쓰지 않았다. 대신 술을 엄청나게 먹었다. 매일같이 한두 명이라도 보면 문학 이야기를 하며 술을 마셨다. 다음 날도, 또 다음 날도. 그렇게 6개월 정도가 흘렀다. 우리가 집단 창작을 한다는 것은 불가능하다는 결론을 내렸다. 그래서 모임을 해산하기로 결정했다.

대신 문과대에 문학 동아리를 만들기로 했다. 마침 단과대마다 내부 동아리를 만드는 것이 유행이었다. 나름 기준을 높게 잡아 3학년 이상만 들어와 문학 토론과 창작을 하는 문학회를 만들기로 했다. 이름도 정했다. 선명하게 보여야 하니까, 진보문학회. 집단창작을 하겠다며 모인 친구들 중 몇은 빠지고 다른 동기와 후배들을 모아 만들었다. 당시 인기였던 포스트모더니즘에 대한 세미나도 하고, 글을 담아 문집도 만들고 꽤 활발하게 활동했다. 단지 글만 쓰는 것이 아니라 문학운동을 하기 위해 모인 것이니 연대를 해야 한다고 생각한다. S와 몇 명이 주도적으로 서울과 전국의 다른 문학회들을 모아 연대 조직을 구성하기 시작했다. 나는 지켜보기만 했다. 그건 나에게 맞는 것도, 내가 잘할 수 있는 것도 아니니까.

1989년. 4년 만에 대학을 졸업했다. 1년은 놀기로 했다. 문학회 동기들이 당시 통일운동에 열성적으로 참여할 때, 나는 무라카미 하루키를 읽었다. 종로서적의 외국 소설 코너에 가면 한 구석에 일본 소설이 책꽂이 한 개가 조금 넘는 분량으로 약소하게 있었다. 『바람의 노래를 들어라』 『양을 둘러싼

모험』『상실의 시대』를 읽었다. 처음 어떻게 알게 되었는지
는 모르겠다. 주변에서 추천을 받은 것은 아니었다. 아직 대
부분이 무라카미 하루키를 모를 때였다. 아마 모든 문예지를
다 읽었을 때였으니 어딘가에서 잠깐 이름이 나왔을 수도 있
다. 혹은 서점을 자주 갔으니 우연히 발견하게 되었을지도.
무엇이건 상관없다. 그의 소설을 읽었을 때 나는 다른 세계를
보았다.

　그러니까 그건, 다른 세계였다. 개인의 발견이라고나 할까.
『상실의 시대』의 와타나베는 학생운동에 참여하지 않는다.
그들이 들어와 수업거부를 주장할 때 별 관심은 없다. 하지
만 투쟁이 끝나고 그들이 아무 해명이나 선언 없이 들어와 수
업을 듣는 것을 본 와타나베는 홀로 수업 거부를 한다. 그것
은 과연 누구에 대한 '거부'였을까. 3학년 때였던가. 과 동기
들 몇이 단식투쟁을 한 적이 있었다. 나는 참여하지 않았다.
그리고 아무에게도 알리지 않고 혼자 단식을 했다. 나흘 정도
했나. 혼자 중단했다. 나는 궁금했다. 단식을 하는 마음 상태
가 어떤 것인지, 몸에서 어떤 일이 일어나는지. 물론 다른 길

을 가는 것이다. 아마도 그들의 마음은 나도 모르겠지. 하지
만 나의 마음 역시 마찬가지일 것이다.

그러다가 문득 무라카미 하루키를 읽었다. 집단이라는 것,
함께 한다는 것. 거대한 대의를 위해 헌신한다는 것. 다 좋았
지만, 나에게는 거리가 있었다. 거리를 유지하지 않고는, 나
는 도저히 그 안에 있을 수가 없었다. S는 단편 소설을 써서,
교지에 실었다. 친구가 자살하고, 주인공이 자살한 친구의
여자 친구와 대화를 하는 내용이었다. 읽었는데 무슨 말을 하
려는 건지 알 수 없었다. 나중에 S가 말했다. 나를 모델로 쓴
것이라고. 여전히 알 수가 없었다. 그건 내가 아니었고, 그들
에게 보이는 나라고도 생각하지 않았으니까.

무라카미 하루키의 소설을 읽었다. 하루키가 마라톤을 한다
는 사실은 나중에 알았지만, 그의 소설은 정말 마라톤을 하는
사람들의 이야기 같다. 그들은 견딘다. 견디면서도 기쁨이
있고, 쾌감이 있다. 즉자적인 즐거움도 외면하지 않는다. 하
지만 알고 있다. 그렇다고 해서 그들이 거대한 뭔가에 도착하

지 못할 것이라는 사실을. 하루키는 백만장자가 되었겠지만 그의 소설 속 인물들은 여전히 달리고 있다. 도달하지 못할 것을 알면서도, 성실하게 지금 해야 할 일들을 하고 있다. 남들이 다 하는 일, 가라고 하는 길이 아니라 조용한 곁길을 달리고 있다. 그게 좋았다. 그게 진리라서 좋아한 게 아니라 끌렸을 뿐이다. 하드보일드 원더랜드는, 짜릿하다. 한없이 슬프고 처참하기에 더욱.

강하고 교활한 여성이 좋다

김용 『사조영웅문』

무협지를 본격적으로 읽기 시작한 작품은 고려원에서 나온 김용의 『영웅문』이었다. 이전에도 무협지를 들춰본 적은 있었다. 고등학교 때 드나들던 학교 앞 만화가게 한 구석에는 한자 제목의 무협지가 가득했다. 주로 머리를 길게 기른 청년이나 추레한 아저씨들이 읽고 있었다. 그 시절에 만화가게를 간 이유는 만화가 아니라 비디오를 보기 위해서였으니, 무협지에는 더더욱 관심이 없었다. 그러다가 한 번은 무협지를 보려고 시도해 본 적이 있었다.

만화가게 안에 있는 작은 방에서 비디오를 보고 있었다. 영화 제목은 기억나지 않지만 무지하게 재미가 없고 지루했다. 이미 돈을 낸 것이니 그냥 나가버리기도 뭐해 방안을 둘러보니 책장 하나에 무협지가 꽂혀 있었다. 한 권을 빼서 읽었다. 시작하자마자 몇 장 넘기니 바로 전투가 벌어진다. 슝, 쾅, 으악 등의 의성어와 의태어가 남발되며 한 페이지에 글자가 몇 개 없었다. 그래도 절반 정도 읽었나. 너무나 재미가 없어 덮어버리고는, 다시 재미없는 비디오를 보기 시작했다.

김용의 소설을 읽기 전까지, 무협지에 대한 인상은 그 정도였다. 영화에서 무협 액션은 멋지지만 소설은 시간 낭비 정도. 그런데 『영웅문』을 읽으면서 일변했다. 어릴 때 억울하게 부모가 죽고 몽고에서 자라난 곽정이 무공을 배우게 되고 이런저런 사연으로 공력이 높아지며 고수가 되는 과정은 익히 보던 무협영화의 클리셰였지만 그걸 표현하는 솜씨가 천의무봉이었다. 캐릭터도, 이야기도 내가 알던 어떤 소설보다도 재미있었다. 그러면서 80년대 후반 비디오 가게의 인기 프로였던 중국 무협 드라마도 함께 보게 되었다. 고려원의 영웅문

3부작으로 나온『영웅문』『신조협려』『의천도룡기』만이 아니라『설산비호』『소오강호』그리고 고룡의『초류향』등등 다른 무협 드라마도 보게 되었다.

『사조영웅문』의 곽정은 둔한 캐릭터다. 착하고 부드럽고 공명정대하지만 머리는 좋지 않다. 그런 곽정을 동사 황약사의 딸인 황용이 좋아하게 된다. 소위 사파의 거두인 황약사는 무림이 무서워하면서도 질투하는 인물이다. 황용은 자신의 위치를 잘 알고 있기에, 영리하게 처신한다. 필요할 때는 아버지의 권위를 내세우고, 평소에는 자기 하고 싶은대로 한다. 황용이 곽정을 좋아한 이유는 자신에 대해서 어떤 계산이나 의도 없이 순수하게 대하기 때문이고, 우둔한 곽정은 현명한 황용에게 이끌려 다니게 된다. 황용이 아니었다면 곽정은 이미 이야기 초반에 죽고도 남았을 것이다. 자신이 원하는 것을 얻기 위해서 때로는 교활해지는 강인한 여성 황용은 매력적이다.

그런 모습은『의천도룡기』의 조민에게서도 보았다. 주인공인 장무기는 사파로 취급받는 명교의 교주가 되었지만 기존 무림과 화해하기 위해 심혈을 기울인다. 그런데 하필이면 장무기와 사랑에 빠지는 여인은 원의 공주 장민이다. 장민은 장무기 그리고 한족이 중심인 무림과 적대할 수밖에 없는 입장이지만 그 와중에서도 자신의 사랑을 지키기 위해 '머리'를 쓴다. 순수한 사랑을 이기는 건 없어요, 라며 순애를 밀고 나가는 것이 아니라 자신의 사랑을 지키기 위해 묘수를 찾아낸다. 자신이 믿는 정의와 사랑을 지키기 위해, 그녀들은 교활해진다.

나는 그 여인들이 너무 좋았다. 황용과 장민 같은 여인들. 미모로만 본다면 후일 유역비가 출연했던 〈신조협려〉의 소용녀가 압권이지만 캐릭터로 본다면 단연 교활한 여인들, 비속어로 '쌍년'이나 'Bitch'로 불릴법한 황용과 조민이 좋았다. 생각해 보면 어릴 때부터 그랬다. 청순한 스타일의 여성보다는 도발적이거나 기가 센 여인들을 숭배했다. 브룩 쉴즈, 다이안 레인, 소피 마르소가 인기였을 때는 혼자 〈캣 피플〉의 나스타샤 킨스키를 좋아했다. 마돈나와 신디 로퍼가 치열하게 경쟁할 때도 그들에게는 아무 관심이 없었고 팝과 락의 중간 정도에 있는 〈하트브레이커〉의 팻 베네터를 좋아했다. 그전에는 올리비아 뉴튼 존을 좋아했는데 이유는 뮤지컬 영화인 〈그리스〉를 봤기 때문이다. 초반의 청순하고 순진한 여고생이 아니라 마지막 장면에서 가죽 바지를 입고 나와 존 트라볼타를 홀리고 거칠게 대하는 그녀에게 반해서.

무협지 이야기를 하다가 난데없이 그녀들을 생각하면서 떠올리는 것은 여전사 이미지다. 싸우는 여성의 캐릭터가 언제나 좋았다. 대학에 들어가서도 학생회실에서 느긋하게 담배를 물고 있는 여자 선배를 보는 것이 좋았다. 이성으로 멋있다고 생각하기보다는 그 모습 자체가 좋았다. 〈에일리언〉의 시고니 위버와 〈터미네이터〉의 린다 해밀튼도 마찬가지다. 성적으로 끌리기보다는 싸우는 그녀들이 멋있었다. 〈툼 레이더〉의 안젤리나 졸리 이상으로 〈레지던트 이블〉의 밀라 요보비치가 매력적인 이유도 그래서다. 인간으로서의 매력은 안젤리나 졸리가 훨씬 더 강하지만 밀라 요보비치는 오로지 그 싸우는 이미지 하나만으로도 눈도, 마음도 사로잡는다. 가만히 앉아서 무엇인가를 받거나 죽어가는 것보다는 치열하게 싸우는 여성이 언제나 멋있었다.

〈천장지구2〉도 그런 이유로 좋아했다. 다들 유덕화와 오천련이 나오는 1편을 좋아했지만 나는 2편에 끌렸다. 끌리는 정도가 아니라 완전히 푹 빠져 몇 번이나 보았다. 곽부성이 멋있어서가 아니라 오천련이 예뻐서였다. 〈천장지구2〉에서 오천련은 대륙에서 건너온 여성을 연기한다. 곤경에 처한 동생을 위해 돈을 벌어야만 하는 그녀는 조폭을 접대하기 위해서 호텔방으로 간다. 잠시 화장실에 가서 거울을 보는 오천련은 자신의 뺨을 때리면서 다짐을 한다. 강해져야 한다고. 이것을 견뎌내야만 돈을 벌 수 있다고. 그 장면을 보면서부터 눈시울이 뜨거워졌다. 그리고 살인현장을 목격한 그녀가 도망을 치고, 홀로 밤거리를 헤매고 다닐 때 나는 눈물을 철철 흘리고 있었다. 그녀가 너무 가련해서. 그럼에도 악착같이 살아남으려는 그녀가 너무 안타까워서.

나중에 친구들에게 〈천장지구2〉를 권했다. 하지만 보고 난 친구들은 심드렁했다. 그게 뭐가 멋있냐고. 나는 슬픈 영화라고 추천했지만, 하나도 슬프지 않다고 했다. 대체 그 영화의 어디에서 눈물을 흘린 거냐고. 나도 확실하게 답할 수는 없었다. 그건 일종의 버튼을 누른 것이었다. 무엇인가를 처절하게 견뎌내야만 하는 상황을 맞은 이들을 보고 있으면, 나도 모르게 눈시울이 뜨거워진다. 반항이 아니라 묵묵히 받아들이면서 앞으로 나아갈 때 더욱 그렇다. 주먹을 쥐고 입술을 깨물면서 현재를 견뎌내야만 하는 이들을 볼 때 나는 공감한다. 그들이 나약하고, 분명 패할 것임을 알고 싸울 때 더욱더 공감한다. 그래서 그들이 좋다. 그녀들이 사랑스럽다.

중독이라는 것

올리버 스톤 〈도어즈〉

올리버 스톤이라는 감독을 그다지 좋아하지 않았다. 〈플래툰〉이 개봉했을 때, 학생회실에서 한 선배가 극찬을 하는 것을 들었다. 베트남 전쟁에 대해 알고 싶다면 〈플래툰〉을 보면 된다고. 하지만 〈플래툰〉은 내 취향이 아니었다. 전쟁의 광기에 미친 악인과 모든 것을 용서하고 구원하는 선인, 그 사이에서 흔들리는 보통 사람들. 올리버 스톤은 늘 '설명'을 하려고 애썼다. 나는 〈플래툰〉보다 우리 모두가 광기로 빨려 들어가는 〈지옥의 묵시록〉에 더 이끌렸다.

그럼에도 올리버 스톤의 영화는 나올 때마다 다 봤다. 기묘하게도 올리버 스톤이 영화로 만드는 소재는 나도 좋아하는 것들뿐이었다. 베트남전을 다룬 〈플래툰〉과 〈7월 4일생〉, 짐 모리슨의 일대기를 그린 〈도어즈〉, 케네디 암살 사건을 음모론 관점에서 다룬 〈JFK〉 등등. 이 영화들과 닉슨 대통령의 몰락을 그린 〈닉슨〉, 베트남 3부작의 마지막이자 망작이라 할 〈하늘과 땅〉 등은 올리버 스톤의 젊은 시절인 60년대 후반에서 70년대를 관통하며 당대의 전쟁, 문화, 정치, 경제 등을 훑어 내리는 자전적인 영화였다. 적당히 재미있었지만 올리버 스톤의 영화는 다들 애매했다.

올리버 스톤을 결정적으로 좋아할 수 없었던 이유는 〈올리버 스톤의 킬러〉 때문이었다. 원제는 '내추럴 본 킬러스 Natural Born Killers.' 〈펄프 픽션〉과 〈킬 빌〉의 쿠엔틴 타란티노가 〈저수지의 개들〉로 감독 데뷔하기 전에 팔아버린 시나리오 두 편 중 하나였다. 다른 하나는 토니 스코트가 연출하고 크리스챤 슬레이터와 데이비드 아퀘트가 나온 〈트루 로맨스〉다. 100%의 청춘 로맨스. 타란티노는 후일 〈트루 로맨스〉에는 대만족을 표했지만 〈올리버 스톤의 킬러〉에 대해서는 두고두고 악평을 퍼부었다. 자신의 시나리오를 전혀 이해하지 못했다면서. 타고난 살인자들, 이라는 제목처럼 〈올리버 스톤의 킬러〉는 미국 전역을 떠돌며 살인을 저지르는 커플의 이야기다. 스톤은 그들의 내부를 파고들거나 광기 자체에 탐닉하기보다는 미디어가 그들을 어떻게 그리는지, 그들이 어떻게 대중의 스타가 되는지에 관심을 기울인다. 올리버 스톤은 철저하게 이성적으로 검증하려 한다. 그리고 늘 실패한다.

제임스 리어단이 쓴 『올리버 스톤』이라는 제목의 전기가 있다. 그가 어떤 사람인지를 알 수 있는 중요한 단서들이 있다. 이성적이고 성실한 미국인 아버지와 예술가적 기질을 가진 불안한 어머니 사이에서 태어났고, 자신을 시험하기 위해 군에 입대하여 베트남에 가는 등 끊임없이 모험에 뛰어들었던 남자. 언제나 마약과 섹스에 취해 있었고 백인이 아닌 유색인 여성에서만 사랑을 느낀 남자. 기억에 남는 장면 하나는, 올리버 스톤이 거의 섹스 중독이라 어떤 파티에 갔을 때 사람들이 가득한 방의 벽장 안에 들어가서라도 기어이 섹스를 했다는 일화. 스톤은 자신의 충동을 그대로 실현해야만 하는 사람이었다. 하지만 아이러니하게도 그것을 반드시 설명해야 한다는 강박에 사로잡혀 있었고.

그래서 나는 올리버 스톤이 만든 〈유턴〉이 좋았다. B급 영화처럼 악당들이 나와 서로 속고 속이면서 벌이는 비열한 다툼들을 있는 그대로 그려낸다. 의미를 따지지도 않고, 그들의 뒤에 도사린 시스템이나 음모를 말하지도 않는다. 그냥 한심하고 추레한 모습 그대로 그려낸다. 하지만 묘한 일이다. 그렇게 좋아하지 않았던 영화들임에도 불구하고 기억에 남는 장면은 많이 있다. 〈플래툰〉에서 엘리아스가 십자가에 못 박힌 것처럼 손을 벌리고 죽어가는 장면 같은 것. 〈도어즈〉에서도 그랬다. 너무나 좋아하는 짐 모리슨의 이야기였지만, 심심했다. 그런데도 도어즈의 노래가 울려 퍼질 때는 좋았다. 아마도 그가 환각이 무엇인지 알기 때문이 아닐까. 마약에, 섹스에 빠져 무아지경에 빠져들었던 경험 때문일까.

나는 그럴 수가 없는 인간이다. 마니아가 될 수 없는 이유와 마찬가지로 나는 종교건, 약이건 완전히 빠져들지를 못한다. 중학교 때, 친구를 따라서 교회에 갔다. 믿고 싶었다. 나를 무엇인가에 의탁하면서 고통을 달래고 싶었다. 뭔가에 절실하게 의지하고 싶었다. 교회에 가서 기도를 하고 찬송가를 부르는 자리에서 나는 알았다. 불가능하다는 것을. 현실에서 도망치기 위해서 다른 무엇인가에 완벽하게 빠져드는 것은 나에게 허락된 것이 아니었다. 도망치면서도, 잊어버리면서도 언제나 나는 나 자신을 보고 있었다. 결코 잊어버릴 수가 없었다. 나를 놓아버리는 것도, 무엇인가에 빠져들어서 '신자'가 되는 것도 나에게는 가능한 일이 아니었다.

흔히 사이비종교라고 하는, 큰 종교단체를 드나든 적이 있었다. 후배가 신도였는데 같이 가보자고 그랬다. 늘 거부하다 어느 날인가 〈뉴스위크〉의 기사를 읽었다. 한 작가가 미국의 사이비 종교집단에 들어가 1년이 넘게 함께 생활하고 쓴 논픽션을 냈고, 그 책이 베스트셀러가 된 후에 다시 한 번 그 집단을 찾아간 뒤에 쓴 글이었다. 궁금해졌다. 그들은 무엇을 믿고 있기에 모든 인생을 거는 것일까. 대상이 아니라 그들의 '믿음'이 대체 무엇인지 궁금했다. 가서 보고, 그 경험을 바탕으로 논픽션을 써보고 싶었다. 그래서 후배에게 같이 가자고 했다. 책을 쓸 거라는 말은 하지 않고.

구의역에 있는 곳을 갔다. 거의 6개월가량을 들락거렸다. 새로 온 사람이 제사를 지내는 것도 보았고, 같이 강원도에 짓고 있는 거대한 도장을 가보기도 했다. 신도들이 밖에서 사람을 만나 이야기를 하면서 데리고 온 사람들 중에서 1/3 정도는 제사를 올렸고, 10명 중에 한 두 명은 계속 나왔다. 한동안 다니다 안 나오는 사람들도 많았기에 숫자는 늘 비슷했다. 두어 달 지나다 보니 그들이 왜 그곳을 다니는지 알 것도 같았다. 그들의 이야기에 솔깃하여 온 사람들은 상처가 있고, 고통을 견디는 사람들이 많았다. 살아가는 일은 힘들고 미래는 불안하다. 사이비 종교에 귀의하면 모든 생활이 귀속된다. 미래도 마찬가지다. 얼마나 좋을까. 그 안에서만 살아가면 모든 미래를 보장해주고 사후에도 책임을 져 주는데. 내가 어떤 존재인지, 내가 어떻게 살아가야 하는지를 잊을 수만 있다면 그것도 좋을 것 같았다. 생각하지 않는다면 행복할 수 있으니까.

취직을 하면서 그곳은 더 이상 나가지 않게 되었다. 아마 그곳에 있는 사람들도 알고 있었을 것이다. 내가 믿음이 없다는 것을. 어쩌면 그들도 알고 있었을지 모른다. 자신의 믿음이 뒤틀려 있다는 것을. 결국 마찬가지였을 것이다. 그들은 믿을 수 없는 것을 믿는 것으로 결정했고, 나는 믿을 수 없는 것은 믿지 않았다. 나는 중독이 될 수 없었다. 나는 어디에도 완전히 속할 수 없었고, 절대적인 무엇인가에 동의할 수 없었다. 그건 지금도 마찬가지다. 수많은 음모론에 관심을 갖고 개연성이 있다고 생각하면서도 절대적으로 믿지 않고, 수많은 신과 초자연적인 존재들에 대해 거의 긍정하면서도 절대적인 신앙을 가질 생각은 전혀 없다. 나는 믿지 않는다. 빠져들지도 않는다.

열혈이 끝난 시간을 거닐다

아다치 미츠루 『터치』

처음 봤을 때는 『H 1』이라는 제목이었다. 『H 2』가 일본에서 연재되면서 한창 인기였기 때문이다. 『H 2』라는 제목은 히로와 히데오 두 주인공의 이름을 따서 만들어진 것이다. 『터치』의 주인공은 타츠야와 카즈야 그리고 미나미다. 타츠야와 카즈야는 쌍둥이 형제이고 중반에 카즈야가 죽는다. 공부도 잘하고 야구도 잘했던 카즈야가 죽은 후 타츠야는 야구를 시작한다. 카즈야를 위해서라기보다, 미나미를 위해서였을 것이다. 어느 것에도 열정이 없고, 적당히 지나가는 것이 몸에

밴 타츠야가 마운드 위에 서서 카즈야가 했어야만 하는 일들을 한다. 이제 해야만 하는 일들을 한다.

아다치 미츠루를 좋아하는 사람들이 가장 좋아하는 만화는 주로 나이로 갈린다. 윗세대는 당연히 『터치』이고 그 아래는 또 당연히 『H 2』다. 혹자는 『러프』나 『미유키』를 꼽기도 하고. 10년 이상의 나이 차이가 있어도 아다치 미츠루를 좋아하는 것은 당연하겠지만, 선호하는 작품은 분명하게 갈린다. 그건 아마도 시대성 때문일 것이다. 아다치 미츠루는 매 작품 거의 똑같은 인물과 스토리의 패턴을 유지하는 작가다. 주인공은 덜렁거리고 대충 하는 것 같지만 필요할 때는 힘을 내는 타입. 절친한 친구나 형제는 거의 완벽한 엄친아다. 그 옆에는 둘과 아주 친한, 어릴 때부터 알았던 청순하면서도 강인한 여성이 있다. 이 삼각 구도에 하나가 덧붙여지면 덜렁거리지만 한없이 순수한 여인. 후자는 주로 숏 커트 머리다.

비슷한 패턴으로 진행되는 것을 알면서도 늘 아다치 미츠루의 만화를 볼 수밖에 없었다. 그의 만화가 전해주는 정서가 너무나도 아련하고 따뜻해서. 그 아찔한 청춘의 순간들을 너무나도 명료하게 그려내는 컷들이 있어서. 아다치 미츠루 만화의 장면들을 바라보는 것만으로도 가슴이 덩그러니 울어대고, 그들에게 말을 걸고 싶어진다. 그래서 한때는 아다치 미츠루의 만화를 끼고 살았다. 그의 만화는 언제 봐도 좋았고, 언제 봐도 가슴이 흔들렸다. 요즘 작품들은 좀 느슨해져서 과거의 기운이 덜해졌지만.

아다치 미츠루의 만화 중에서 가장 좋아하는 것은 역시 『터치』다. 일본에서 연재할 때 『터치』는 열혈을 끝장낸 만화라는 평가를 들었다. 카지와라 잇키의 『거인의 별』, 치바 테츠야의 『내일의 죠』 등이 선도했던 열혈 만화. 열혈은 〈소년 점프〉의 정신으로 면면히 흐르면서 지금도 『원피스』와 『나루토』에 선연히 살아 있다. 다만 80년대가 되면서 일본은 변했다. 사회는 풍요로웠고, 일에만 매달리다가 피폐해진 개인들이 눈에 들어오기 시작했다. 아이들이 보는 기성세대는 무기력했고 답답했다. 그 시절에 『터치』는 말한다. 그렇게 매달리지 않아도 된다고. 이기는 것, 성공하는 것만 유일한 길은 아니라고. 타츠야는 야구를 잘하지만 그렇다고 프로에 가는 것은 아니다. 그 시절에 필요했기 때문에, 미나미와 죽은 카즈야가 그를 지켜보고 있기에 했던 것뿐이다.

  할리우드의 청춘영화 〈그들만의 계절〉이 있다. 미식축구가 모든 것의 중심인 시골의 작은 마을. 그곳의 최고 권력자는 고등학교의 미식축구부 코치다. 모든 어린 남자들은 미식축구를 하는 것이 목표이고, 여자는 치어리더가 목표다. 그것으로 서열이 정해진다. 고등학교를 나와서도 서열은 바뀌지 않고, 자식이 바꾸지 않는 이상 평생 간다. 쿼터백 후보였던 조나단은 주전의 부상으로 경기에 나가게 된다. 코치는 부상에 시달리는 선수들에게 불법적인 약물을 제공하는 등 이기기 위해 수단과 방법을 가리지 않는다. 결국 모든 비리가 폭로되면서 코치가 떠나버린 후 조나단은 동료들에게 말한다. 어른들은 말한다, 이 경기 하나로 너의 미래가 바뀔 것이라고. 그런 헛소리는 믿지 말자. 그저 지금 이 순간을 위해서, 이 순간을 즐기자. 미래가 어떻게 되건 그건 미래에 맡기고. 뭐, 그런 이야기였다. 『터치』의 정서가 딱 그것이었다. 뭔가를 위해서 지금을 버리지 말자. 희생과 헌신으로 모든 것을 합리화하지 말자. 열혈로 모든 것을 불태워버리면서 세상을 바꿔야 했던 시대도 있었지만, 지금은 아니다.

　나는 아다치 미츠루의 세계에 절대적으로 공감했다. 하고 싶은 것도 없었고, 미래 같은 건 알 바 아니었다. 미래를 위해서 지금 무엇을 해야 해, 라는 절대명제에 동의하지 않았다. 동의할 수가 없었다. 그 말대로 따른다고 해서 모든 것이 이루어진다는 말은 결코 믿지 않았다. 그것은 일종의 선험적 각성이었다. 대학에서는 오로지 순간만을 위해서 살았다. 다만 타인의 꿈을 비웃지는 않았다. 오히려 나는 그들의 꿈을 보고 싶었다.

　아다치 미츠루의 초기작 중에서, 제목은 잊었지만 주인공이 응원단장으로 나오는 만화가 있었다. 그는 야구를, 체조를 하는 친구들을 위해서 열심히 응원을 한다. 자신이 직접 하지 않아도, 그들의 꿈을 지켜보고 응원하는 것이 가장 즐겁고 행복하다고 말했다. 동의한다. 나도 그러고 싶었다. 내가 잘하는 것이 없어도, 누군가 꿈을 위해 달려가는 이가 있다면 기꺼이 응원하고 싶었다. 아다치 미츠루의 만화에는 그런 말 없는 격려가 숨어 있었다. 미나미의 눈길처럼 언제나 다정하게, 나약한 우리를 지켜보고 있었다.

올 것은 오고야 만다

리차드 켈리 〈도니 다코〉

대학교 4년, 8학기 만에 졸업했다. 공부를 열심히 했던 것은 아니다. 수업은 거의 안 들어갔다. 4학년 때 친구들과 문학회를 하면서 현대비평이론, 현대 희곡론 등의 수업을 신청하고 잠깐 듣기는 했지만 중간고사 이후에는 안 들어갔다. 사학과 수업은 한 번도 안 들어갔다. 그래도 F를 받은 적은 없다. 이유는 단 하나, 사전에 정보를 수집했기 때문이다. 선배와 친구들에게서 정보를 구한다. 출석을 안 부르는 교수, 리포트가 없는 과목을 찾아서 신청했다. 시험 때만 잠깐 공부해서 적당히 점수를 받았다. 졸업장이 반드시 필요한 것은 아니었지만 하고 싶은 대로 하기 위해서는 일단 주어진 일을 해야 했다. 미리 조금만 고생하면 나중이 편해진다.

졸업을 앞둔 즈음에 영화잡지 〈스크린〉에서 기자 모집 공고를 봤다. 노동현장에 갈 생각은 없었고, 친구들과 글을 쓴다고 해도 돈을 벌거나 구체적인 비전은 없었다. 막연했다. 영화를 좋아했기 때문에, 영화에 대한 글을 쓰는 것은 좋지 않을까 싶어 원서를 냈다. 1차를 통과하고 면접을 보러 오라는 연락이 왔다. 그때부터 고민을 했다. 만약 합격한다면 나는 영화기자로 일을 할 것인가. 친구들에게는 그 고민을 전혀 내비치지 않았다. 원서를 냈다는 말도 하지 않았다. 혼자 고심하다가 결국은 면접을 가지 않았다. 친구들과 함께 문학회를 만들었고 함께 문학운동을 하자고 암묵적으로 동의한 상태라고 생각했다. 언제나처럼 나는 확실한 신념도, 동지애도 없었지만 내가 먼저 등을 돌리는 것은 원치 않았다.

그래서 졸업을 하고 1년 동안은 학교에 남아 친구들과 어울려 다니고, 1년은 비디오 가게를 하고, 1년은 무엇을 해야 하나 헤매면서 다녔다. 그동안에 친구들과 정치 꽁트집을 쓰고, 후배와 가극 〈금강〉의 대본을 쓰고, 교지나 잡다한 매체에 그야말로 허접스러운 글들을 쓰면서 보냈다. 그리고 친구둘, 후배 하나와 출판기획사를 시작했다. 돈은 벌지 못하고 날마다 포커를 치며 술을 엄청 마셨다. 어떻게든, 어디로든 가겠지, 라고 생각했다. 아니 그런 생각조차 하지 못했다. 그냥 그 순간순간을 되는 대로 흘러갔을 뿐이다.

친구들과 함께 글을 쓰겠다고 생각했을 때, 영화는 멀어졌다. 하지만 나는 열정이 없는 대신 뭔가를 완전히 버리는 경우도 없었다. 뭐든 재미있으면 보고, 관심이 가면 늘 곁에 두고 본다. 이제 영화에 관련된 직업을 가질 일은 없겠다 생각하면서도 끊임없이 영화는 봤다. 영화에 대한 책과 잡지도 늘 사서 읽었다. 그게 일이 되지 않더라도 상관이 없었다. 내가 좋아하는 것들이고 그래서 나는 보고 들을 뿐이다. 하지만 오고야 말 것들은 언젠가 오게 된다.

리차드 켈리의 〈도니 다코〉는 복잡한 영화다. 도니는 이상한 꿈을 꾼다. 토끼 가면을 쓴 프랭크를 만나고, 미래의 일들을 의식하지 못한 채 알게 된다. 골프장에서 잠이 깬 도니가 집으로 돌아가자 거대한 사고 현장을 만나게 된다. 그의 방에 거대한 비행기 엔진이 떨어져 있다. 몽유병에 걸려 헤매지 않았다면 도니는 그 날 밤에 죽었을 것이다. 〈도니 다코〉는 시간여행과 웜홀과 무의식과 꿈 그리고 희생과 구원에 대해서 이야기한다. 도니는 알게 된다. 그가 죽지 않고 살아 있기 때문에 다른 이가 대신 죽었음을. 논리가 아니라 깨달음으로 모든 것을 알게 된 도니는 희생을 택한다. 그가 죽으면, 그가 모르는 더 많은 사람들이 살아남게 된다. 물론 아무도 모른다. 도니의 희생으로 그들이 삶을 얻게 되었음을. 그건 어쩌면 희생이 아니라 순리다. 오는 것을 피하지 않는 것. 아무리 힘들고 고통스러울지라도 받아들이면서 앞으로 나아가는 것. 도망쳐도 결국은 돌아오기 때문에 인정하는 것.

몇 년 뒤, 과 동기의 집들이에 갔다가 한 친구를 만났다. 딱히 친한 건 아니었다. 다만 그는 어쩌다보니 영화잡지 만드는 일을 하게 되었고, 내가 영화를 좋아하고 글을 쓴다는 것도 알고 있었다. 그는 영화만이 아니라 문화에 대해 크게 관심이 없었던 타입이었다. 나를 본 그는 너 영화 잘 알지, 하더니 같이 만들자고 했다. 출판기획사는 지지부진했고, 돈은 필요했고, 그래서 수락했다. 그 친구와 함께 만든 잡지가 격주간지 〈시네필〉이었다. 〈시네필〉은 몇 개월 만에 제대로 월급을 주지 않아 1년을 겨우 넘기며 그만뒀고 잡지도 폐간했다. 나는 〈시네필〉을 다녔기에 〈씨네21〉에 경력기자로 들어가게 되었다. 우연히 친구를 만나고, 우연히 그 친구는 영화잡지를 만들고, 그런 우연들이 겹쳐 영화판으로 들어가게 되었다. 〈스크린〉 면접을 포기하면서 닫혔다고 생각했던 문이 우연히 다시 열린 것이다. 내가 문학을 택하면서 영화에 대한 관심을 끊었다면 아마 불가능했을 것이다. 하지만 나는 여전히 영화를 보고, 읽고 가끔은 쓰고 있었다. 약간의 방향이 바뀌었을 뿐 내가 하는 일은 별다르지 않았다. 문학에 대해 쓰던 글을 영화에 대해 쓰게 되었을 뿐이다.

그 후에 알게 되었다. 좋은 일이건, 나쁜 일이건 언젠가 올 일들은 오게 된다고. 그러니 지금 발버둥 치면서 피하려고 해

봐야 소용없는 일이라고. 받아들이고 그 안에서 어떻게든 허우적거리는 것이 낫다고 생각하게 되었다. 다행인 건, 그때는 그런 생각을 하지도 못하면서 그렇게 했다는 것이었다. 아마도 수동적이었으니까. 앞으로 나아가는 대신, 내 앞에 오는 것들을 어떻게든 떠안고 물러서지 않기만을 바랐을 뿐이다.

말로는 할 수 없는 것들

안드레이 콘찰로프스키 〈마리아스 러버〉

대학을 다니면서 몇 번의 연애를 했다. 졸업을 했고, 문학운동을 하겠다며 이리저리 쏘다니며 다녔다. 그즈음에도 부지런히 연애를 했다. 이런저런 복잡하고 치명적인 일들도 겪었다. 영화나 소설 속에 등장할 법한 짜릿한 사건들도 있었다. 삼각관계나 하룻밤이나 스토킹 같은 것들. 내가 사랑한다고 모든 것이 이루어지지 않는다는 것도 알게 되었고, 단지 좋은 사람이라고 사랑에 빠지는 것이 불가능하다는 것도 알게 되었다. 복잡했다. 사랑은 낭만적 감정이었지만 현실의 여러

요인들에 좌지우지되는 경우가 허다하다. 마음은, 한없이 무기력한 경우가 많았다.

통속적인 영화가 있다. 안드레이 콘찰로프스키의 〈마리아스 러버〉. 좋아했던 나스타샤 킨스키가 나온 영화라 당연히 봤고, 비평에서도 흥행에서도 그리 성공을 거두지는 못했지만 나는 대단히 좋았다. 킨스키는 언제나처럼 강렬했고, 어떤 장면들은 지금도 가슴속에서 여전히 불타오르고 있다.

마리아의 연인 이반은 2차 대전에 참전했다가 돌아오지 않았다. 이반이 죽었다고 생각한 마리아는 동네에 주둔한 미군과 사랑을 나눈다. 하지만 이반은 죽지 않았고, 뒤늦게 수용소에서 풀려나 고향에 돌아온다. 이반은 마리아가 다른 남자와 사랑을 나누는 광경을 물끄러미 바라본다. 이반을 본 마리아는 너무나 당연하다는 듯이 그에게 돌아온다. 두 사람은 결혼을 했지만 문제가 있다. 수용소에서 참혹한 경험을 했던 이반이 발기불능이 된 것이다. 하지만 홍등가에서 가서 다른 여인을 안으면 그는 보통의 남자가 된다. 이반은 불륜을 행하고, 마리아는 괴로워한다.

삶의 잔인함 때문에, 정작 사랑하는 여인과는 섹스를 하지 못하게 되지만, 다른 여자와는 할 수 있다는 것은 익히 보던 설정이다. 그런데 〈마리아스 러버〉는 그런 통속성을 단 한 장면으로 간단하게 뛰어넘는다. 마을에서 잔치를 벌이던 날, 마리아의 한때 연인이었던 남자가 이반을 찾아온다. 그 남자는 이반을 비난한다. 불륜을 저지르고 있다고, 너는 마리아를 사랑하지 않는다고. 이반은 말한다. 마리아를 사랑해. 그러자 답한다. 너는 그녀를 사랑하지 않아. 다시 이반은 말한다. 아니야, 나는 그녀를 사랑해. 완강한 부정에 답하는 그의 방식은, 처절하다. 자신의 '말'의 진실을 입증하기 위해, 그는 육신의 고통을 택한다. 파란 불꽃 위에 놓여있던 냄비를 치우고 자신의 손바닥을 올려놓는다. 그의 입에서는 처절한 비명이 끓어오르고, 손은 지글지글 타오른다. 그리고 그는 떠나간다.

때로 말이란, 믿을 수 없는 것이다. 나도 안다. 때로 뱀의 혀처럼 간교하고, 늑대의 이빨처럼 독한 상처를 주기도 한다는 것을. 그러나 때로는, 말 이외에는 어찌할 도리가 없는 순간도 있다. 긍정을 해도, 부인을 해도 증명할 방법이 없는 순간. 마음을 어떻게 설명하고, 감정을 어떻게 증명할 것인가. 그래서 말을 하고, 그래서 스스로에게 확인하고, 그래서 자학한다. 안드레이 콘찰로프스키는 소련에서 망명했다가 한때 〈탱고와 캐쉬〉 같은 시시껄렁한 오락영화도 만들었다가 냉전이 끝난 후 러시아로 돌아갔다. 보지는 못했지만 러시아에서 만든 영화들은 좋았다고 한다. 어쩌면 그의 심정이 바로 이반의 마음이었을지도 모른다는 생각을 후에 했다. 누구에게도 자신의 마음을 증명할 수 없는, 지독한 외로움. 자신의 길 위에서 오로지 돌진하는 〈폭주기관차〉 같은 영화가 그의 필모그래피에 들어있는 것도 우연은 아닐 것이다.

〈마리아스 러버〉를 본 것은 고등학교 3학년 때였다. 나는 이반이 자신을 불태우는 그 장면에 압도당했다. 누구도 증거를 댈 수 없는 사랑, 불륜을 저지르지만 누구도 비난할 수 없는 사람…. 〈마리아스 러버〉의 '사랑'은 나에게 낙인처럼, 오래 남았다. 그래서였을 것이다. 대학을 졸업하고, 연애를 하다가 그 격정적인 장면을 모방했다. 연애 초반의 설레임은 조금씩 바래져가고 묘한 긴장감과 나른한 허탈감이 혼재했다. 나는 백수였고 미래는 아무것도 보이지 않았다. 함께 술을 마시다가, 그녀가 나에게 말했다. '나를 사랑하지 않는 거지?' 똑같은 질문에 너무나 당연한 답이 몇 번인가 이어지면서, 이상하게도 나는 〈마리아스 러버〉를 떠올리고 있었다. 그리고 말했다. '사랑해, 증거를 보여줄까.' 그리고 입에 물고 있던 담배로, 손등을 지졌다. 물론, 사랑에는 증거 같은 것이 없다. 사랑을 말한다고, 사랑이 존재하는 것도 아니다. 사랑한다고, 반드시 아름다운 건 아니다.

빨갛게 살이 타들어 갈 때, 나는 이반에게 공감했다. 말이란 얼마나 헛된 것일까. 내가 증명할 수 있는 것이, 과연 세상에 있을까.

죽음이라는 꿈

노지마 신지 〈고교교사〉

　일본 드라마 〈고교교사〉는 두 번 만들어졌다. 처음 만들어진 것은 1993년. 90년대 최고의 드라마 작가로 손꼽히는 노지마 신지가 쓴 〈고교교사〉는 사제간의 사랑, 근친상간, 낙태, 동성애 등 파격적인 소재가 등장했다. 사나다 히로유키와 사쿠라이 사치코가 주연이었고 니시지마 히데토시가 조연으로 나왔다. 93년 원작을 보지 못한 채, 2003년의 리메이크 작을 케이블 TV에서 봤다. 리메이크라고는 하지만 교사와 여고생의 사랑이라는 소재 말고는 완전히 다른 내용으로 만들어졌다.

불치병 선고를 받은 코가는 모든 것을 정리한다. 직장도, 애인도. 죽음을 받아들이고 괴로워하던 코가는 히나를 만난다. 그리고 운명의 장난처럼, 학교에서 쓰러져 코가가 다니던 병원에 갔던 히나는 자신이 불치병에 걸렸다고 믿게 된다. 코가의 병을 자신의 것으로 착각한 것이었다. 그것을 알고도 코가는 말하지 않는다. 자신의 괴로움을, 외로움을 그녀가 느꼈으면 좋겠다는 '악의'를 품은 것이다. 그리고 실험을 시작한다. 자신의 거울인 그녀가 어떻게 변화하는지를 관찰한다. 하지만 모든 것에 절망하고 외로움에 사무쳐 있던 코가와 달리 히나는 여전히 밝다. 구원은 찾아오는 것이 아니라 스스로 만들어내는 것이었다.

〈고교교사〉를 보면서 노래들에도 반했다. 일본 가수 모리타 도지. 주제곡인 〈우리들의 실패〉를 들으면서 아득한 느낌을 받았다. 일본에 갔을 때, 2003년 드라마가 나오면서 다시 나온 베스트 음반을 구했다. 모리타 도지가 어떤 가수인지도 알게 되었다. 60년대 말 학생운동이 한창일 때, 그들이 가장 좋아했던 가수의 하나라고 들었다. 〈우리들의 실패〉는 그들의 이야기였다. 70년대로 접어들면서 일본의 학생운동은 점점 극렬해지고 1972년 아사마 산장에서 연합적군 조직원들이 체포되면서 막을 내린다. 사상과 노선이 다르다는 이유로 구타, 살해한 끔찍한 일도 있었다. 〈우리들의 실패〉 〈고립무원의 노래〉 등 제목에서도 풍기는 패배와 고독의 냄새는 죽음을 두고 발버둥 치는 〈고교교사〉와 썩 어울렸다. 93년의, 세상에서 떠나갈 수밖에 없었던 그들의 사랑 역시도.

죽음에 대해 오래 생각했었다. 자살에 대해 처음 생각한 것은 중학교 3학년 때였고 이후로도 끊이지 않았다. 서른이 넘어서야 죽음에 대한 생각을 놓을 수 있었다. 어렸을 때는 서른이 넘어서도 내가 살고 있을 것이라고는 추호도 믿지 않았다. 20대 중반, 병원에 입원을 한 적이 있었다. 어느 날 기절을 했다. 지하철에서 친구를 기다리고 있는데 갑자기 눈앞이 캄캄해지면서 쓰러진 것이다. 금방 깨어나기는 했다. 에버랜드에 놀러가기로 했던 날이라, 일어나서는 괜찮다고 하며 별일 없다는 듯 롤러코스터도 타고, 바이킹도 타고 그랬다. 며칠 뒤에 병원에 가서 검사를 했다. 다시 며칠 뒤 결과를 보러 갔는데 의사가 빈혈 중증이라며 입원을 해야 한다고 말했다. 오후에 약속이 있었기에 며칠 뒤에 와서 입원을 하겠다고 답했다. 그러자 의사가 마구 화를 냈다. 보통 성인 남자의 헤모글로빈 수치가 10에서 13정도인데, 당신은 3.5밖에 안된다고. 정말 위험한 것이라고 소리를 높이는 바람에 당장 입원을 해야만 했다.

일단 수혈을 받고, 일주일간 입원을 하면서 심전도 검사와 내시경부터 골수 검사까지 했다. 골반에 골수를 채취하는 주사가 푹, 하면서 들어오는 느낌은 지금도 선명하다. 일주일간 누워 있으면서 생각을 했다. 〈러브 스토리〉〈라스트 콘서트〉 같은 영화에서 보았던 불치병이 나에게도 온 것일까? 그렇다면 이제 뭘 해야 하지? 정말 그렇다면 미래 같은 것은 생각하지 않아도 되는 건가? 불안하거나 두렵지는 않았다. 오히려 마음은 담담하게 가라앉았고 휴식 같은 기분이었다. 하지만 결과는, 알지 못함이었다. 다른 원인이 없으니 아마도 일시적으로 위나 장에 구멍이 생겨 급속하게 피가 흘러나간 것이 아닐까 추정하는 정도. 하지만 병원을 다니며 6개월 넘게 빈혈약을 먹던 중 의사는 대학병원에 가보라고 했다. 이 정도를 먹었으면 정상이 되어야 하는데 아직 5가 겨우 넘는 정도라고. 다른 원인이 있을 수도 있다고. 다시 대학병원에 가서 검사를 했다. 다시 원인 미상. 빈혈약을 다 합쳐 1년 6개월 정도 먹으니 헤모글로빈 수치가 7.5 정도가 나왔다. 그래서 병원을 그만 다녔다.

　이유는 지금도 모르지만 의심 가는 것은 있다. 일단 위나 장에 구멍이 생겨 피가 빠져나간 일시적인 현상은 아니었다는 것은 분명하다. 기절할 때 나타나는 현상이 있다. 중학교 2학년 정도였나. 영화를 보고 집으로 가는 버스를 탔다. 문득 어지럽고 메스꺼운 증상이 나타나면서 식은땀이 흘렀다. 그러다가 갑자기 눈앞이 캄캄해졌다. 감광된 흑백 필름을 보는 것처럼, 눈앞에 보이는 것들 위로 검은 막이 씌워진 느낌이었다. 그때는 다행히도 자리가 나서 앉는 덕분에 기절하지 않을 수 있었다. 앉아서 잠시 눈을 감고 쉬면 기절에 이르지는 않는다. 대학 때 술을 진탕 마실 때에도 그랬다. 어지러우면 일단 아무데건 앉아서 쉰다. 그러면 나아진다.

영양 불균형 때문일 수도 있다. 어릴 때도, 대학 때도 먹을 것에 관심이 없었다. 기분이 우울하거나 생각할 것이 많으면 굶었다. 또 하나, 어릴 때 작은 누나가 아팠다. 혈액에 문제가 있는데 불치병이라고 했다. 그러다가 어른이 된 후에 자연스레 나았다. 나도 그런 증상이었을지도 모르겠다. 어릴 때에는 아파도 절대 누군가에게 이야기하지 않았다. 나에 대한 걱정을 하는 게 싫었으니까. 중학교 때는 기침을 한 달 넘게 하다가 어머니에게 끌려 병원에 가 엑스레이를 찍어 보니 폐렴이었다. 폐렴에 걸렸다가 시간이 지나 이미 자연 치유되는 중이라고 했다. 고등학교 때는 아침에 일어나니 귀밑 목 부분이 퉁퉁 부어 있었다. 너무 심하게 부어올라 어머니와 함께 병원에 갔다. 그랬더니 부은 거는 그냥 피곤해서 그런 것이고 문제는 신장염이라고 했다. 몇 개월 동안 신장약을 먹어야 했다. 기절을 했을 때는, 이건 뭔가 심각할 수도 있다고 생각해서 이야기를 했고 병원에 갔던 것이다. 결과는 별것 없었지만.

그 시절 나에게 죽음은, 꿈이었다. 〈도어즈〉의 짐 모리슨을 비롯하여 27살 클럽인 지미 헨드릭스와 재니스 조플린 등 요절한 사람들을 동경하는 마음도 있었다. 하지만 무엇보다 나는 도망치고 싶었다. 아무것도 이루고 싶은 생각은 없었다. 다만 그들이 떠나간 그 나이 정도에 나도 완전히 도망치고 싶었다. 이유를 알지 못하는, 치료방법도 정확히 알지 못하는 병이 있다는 것을 알았을 때 묘한 생각이 들었다. 죽으라는 건가, 말라는 건가. 자살할 생각은 없었다. 자살의 욕망은 수시로 들었지만 내가 선택할 생각은 전혀 없었다.

나는 종교를 믿지 않는다. 신적인 존재가 있는가, 라고 묻는다면 있을 것이라 믿는다고 답한다. 일종의 범신론에 나는 동의한다. 죽음 이후의 세계가 있다고 믿는가? 아마도 그런 것 같다고 답한다. 나는 끝없이 생각했다. 만약에 없다면? 그렇다면 내가 죽지 않을 이유가 무엇인가. 죽음 이후에 아무것도 없다면 나는 의식하지 못할 텐데. 이 세상은 이미 나의 것이 아니고, 후회할 것도 자책할 것도 없는데. 죽음 다음에 아무것도 없으면 당장 죽음을 선택해도 아무런 문제가 없었다.

하지만 있다면? 혹은 윤회가 있다면? 윤회를 믿는 이들은,

이번 생에서의 목적이 있다고 말한다. 각자에게 주어진 미션 같은 것. 나는 생각했다. 만약 지금 생에서 내가 해야만 하는 무엇이 있다면, 지금 도망쳐 봐야 다음 생에 또 해야 하는 것 아닌가. 그렇다면 지금 해치워버리자. 다음에 이 지겹고 고통스러운 삶을 또 반복하기는 싫다. 그렇게 논리적으로 결론을 내리고, 나는 자살을 선택하지 않게 되었다. 도망치는 건 결국 자신에게 돌아오는 것이니까. 〈달마가 동쪽으로 간 까닭은〉에 나오는 말처럼, 성불하려고 버리고 나온 모든 것들이 막상 성불하려니까 아귀가 되어 달려든다고. 버리고, 도망치고 가 봐야 결국 부처님 손바닥이 아닐까.

나는 어느 것도 절대적으로 믿지 않는다. 그렇기에 합리적인 선택을 해야만 한다. 어차피 아무것도 없다면, 죽은 뒤에 모든 게 사라질 테니 상관없다. 하지만 있다면 지금 내가 할 수 있는 것들을 해야만 한다. 그래야만 다음이 조금 나아질 테니까. 아니 정확하게 말하면 그 많은 한심한 날들을 반복하기는 싫으니까.

내가 살아가는 길

토니 스코트 〈트루 로맨스〉

　대학을 졸업하고 1년은 순수하게 백수로 지냈다. 용돈만 받지 않고 이미 졸업한 학교를 왔다 갔다 하며 지냈다. 그렇게 1년을 보내고, 이제는 뭔가를 해야 했다. 친구들과 글을 쓴다고 해도 먹고 살 정도는 아니었다. 집에서 잠을 재워주고 밥은 먹여주니 겨우 지내는 정도에 불과했다. 나는 독립을 하고 싶었다. 뭐를 해야 할까 찾아보다 비디오 가게를 떠올렸다. 90년대에는 비디오 산업이 호황이었다. 비디오 가게도 꽤 잘 되고 있었다. 나는 영화에 대해 잘 알고 있으니까 특색 있는 영화들을 고르고, 상업적인 영화들도 함께 꾸려 나가면 되지 않을까. 부업으로 비디오가게를 해서 생활을 유지하면 지속적으로 글을 쓸 수 있다. 그럴듯한 생각 같았다.

일을 한 것이 없으니 돈이 있을 리 없었다. 자본금을 부모님에게 빌리고, 고등학교 때 날마다 다방에서 함께 영화를 봤던 친구와 함께 시작했다. 내가 자본금을 대니, 친구가 조금 더 가게를 많이 보기로 했다. 용산의 비디오 도매상에 가서 이것저것 알아보고 가게에 구비할 비디오를 골랐다. 가게 이름을 고민하다가, 도매점이 자기들 이름을 그대로 가져가면 간판을 해주겠다고 해서 그렇게 했다. 그때나 지금이나 실용주의였고, 그때는 더욱 단견이었다. 신림동 사거리에서 조금 들어간 곳에 작은 가게를 전세로 빌렸고 비디오를 채워서 영업을 시작했다. 나쁘지는 않았다. 시간이 흐르면서 자리를 잡으면 안정적이 될 수 있다고 믿었다.

〈트루 로맨스〉의 클레런스는 비디오 가게에서 일한다. 시나리오를 쓴 쿠엔틴 타란티노의 경험을 살린 설정이었다. 클레

런스는 생일날이면 늘 차이나타운의 극장에 가서 싸구려 영화를 본다. 그곳에서 알라바마를 만나고, 사장이 선물로 보내준 콜걸이었다는 것을 알게 된 후에도 그의 사랑은 변하지 않는다. 무모하게도 포주를 찾아가 알라바마를 놓아달라고 부탁한다. 웃기는 짓이다. 하지만 그래서 〈트루 로맨스〉는 백퍼센트의 청춘 로맨스 영화가 된다. 아무것도 없고, 나약하고 무모하다는 것을 알면서도 일단은 하고 본다. 그것마저도 없으면 청춘이 아니니까.

〈트루 로맨스〉와 달리 비디오 가게 운영은 그리 낭만적이지 않았다. 일단 전제부터가 틀려먹었다. 무라카미 하루키의 어느 소설에서 레스토랑을 운영하는 주인공이 나온다. 가게를 제대로 운영하기 위해서는 할 일이 무척이나 많다. 기본적인 업무 이외에도, 어떤 음악을 틀 것인지 세심하게 고려하고 날씨와 시간에 따라 변화를 주는 것, 계절마다 특별한 요리와 음료를 준비하고 그중에서 인기 있는 것들은 고정 메뉴로 정하는 것, 좌석의 배치나 사람들이 움직이는 동선 등도 잘 고려해서 실행해야 하는 것들이 무수하게 많다. 한마디로 말한다면, 내가 좋아하는 일을 하기 위해, 잠깐 시간을 할애하여 생활비를 버는 부업은 없다는 것이다. 돈을 벌려면, 생활을 유지할 정도의 안정적인 수입을 얻으려면 전력투구해야 한다. 적당히 해서 얻는 것은 없다.

비디오 가게는 보통의 식당이나 가게에 비해 대단히 간편하고 쉬운 업종이다. 식당처럼 새벽부터 재료를 사오고 준비할 필요도 없고, 주문을 받고 요리를 만들고 그릇을 치우고 씻는 과정도 필요 없다. 비디오는 도매상에서 날마다 가지고 온다. 그러면 받을 것을 고르고, 비닐을 뜯지 않은 것은 나중에 반품할 수도 있다. 이야기가 잘 되면 인기작을 한꺼번에 여러 개를 받아 돌리고 나중에 두어 개만 남기고 반품할 수도 있었다. 손님이 오면 가끔 추천을 하고, 회수가 안 되는 집에 전화를 하고 아주 가끔 찾으러 가기도 했다. 아침과 저녁에 간단하게 청소를 하는 정도. 그 정도만 하면 적당히 꾸려갈 수 있다.

하지만 그것만으로는 불가능하다. 가게를 잘 운영하고 싶다면 모든 것에 신경을 써야 한다. 매일 아침 청소를 하는 것은 물론 비디오를 어떻게 배치할 것인지를 고민한다. 손님들의 비디오 대여 경향을 파악하고 추천작을 고르고, 어떤 비디오를 더 받아야 하는지를 결정한다. 가게의 TV에서는 어떤 영화를 틀어놓고 있을 것인지, 추천은 어떤 식으로 하면 좋을지도 생각해야 한다. 손님들의 생각과 요구를 파악하기 위해서는 더 많이 생각해야 한다. 얼추 그런 것들을 해야 했다. 하지만 나는 친구에게 주로 맡겨 놓고 밖에 나가 문학운동을 한다며 글 쓰는 일을 했다. 가게의 실태를 완벽하게 파악할 생각은 아예 없었다.

게다가 변수가 있었다. 친구 하나가 경찰에 잡혀갔다는 소식을 들었다. 군대에 간 친구는 보안사에 끌려갔다 돌아왔다. 함께 다니면서 세미나를 하고, 강연도 하고, 여기저기 학교 신문과 교지에 글을 쓰던 친구들이었다. 엉뚱한 곳에서도 이야기를 들었다. 가게를 함께 하던 친구가 술을 마시다가, 아버지가 관악서에 있는 친구에게 이상한 말을 들었다. 조심하라고 했다는 것이다. 그 말을 들은 나는 일단 몸을 피했다.

일단 조심해야 했으니까. 두 달 정도를 가게에 들어가지 않았다. 별거 아닌 상황으로 마무리되고 간만에 들어간 가게를 보고는 접어야겠다고 생각했다. 노는 것을 좋아했던 친구는 동네 사람들과 어울려 가게에서 술을 마시기도 했고, 가게 전체가 칙칙하고 너저분했다. 모든 것이 내 잘못이었다.

이곳저곳에 가게를 양도할 곳을 알아봤고 넘겨줬다. 처음 투자한 자본금은 그대로 회수하여 그대로 부모님에게 돌려드렸다. 다시 집으로 들어와 내 방에 누웠는데, 참으로 한심하고 우스웠다. 현실이라는 것은 참 막막했다. 적당히는 살 수 있겠지만, 적당히는 살아남을 수 없었다. 〈트루 로맨스〉의 결말도, 쿠엔틴 타란티노가 쓴 시나리오는 원래 비극이라고 했다. 토니 스코트는 해피엔딩으로 만들었고 타란티노도 만족했지만, 현실은 그렇다. 그렇게 로맨틱하게 살아남는 방법은 없다. 어디에서나.

싸우지 않고 살아남을 수는 없다

데이빗 핀처 〈파이트 클럽〉

카탈로그 상품의 세계에서 지루하게 살아가던 남자는 타일러 더든을 만나 파이트 클럽의 세계에 입문한다. 폭력으로 자기를, 세계를 정화시키겠다는 남자. 데이빗 핀처의 영화는 언제나 멋지지만 〈파이트 클럽〉의 엔딩에서, 고층빌딩 너머로 보이는 마천루들이 연이어 무너져 내리는 광경만큼의 짜릿함은 다시 만나지 못했다. 이건 나에게, 최고의 엔딩 장면이었다.

싸움은 매혹적이다. 열혈 따위는 개나 줘버리라고 말하던 아다치 미츠루조차 〈카츠〉에서는 권투의 매력에 대해 이야기한다. 아무것도 없는 인간이 두 발을 땅에 딛고 서서 상대와 싸우는 일. 그때 그는 무엇을 해야만 하는가. 격투기의 매력이란 그런 것이다. 〈파이트 클럽〉은 거칠고 폭력적이지만 종종 우리들이 잊어버리고 있는 무엇에 관해 이야기한다. 인간은 어떻게 살아남았는가. 오지에서 상대와 경쟁하고 싸워서 이기는 서바이버 이야기를 하는 것이 아니다. 나 그리고 세계와의 싸움에서 살아남은 인간들의 이야기다.

나는 격투기 애호가다. 60, 70년대 모든 남자들이 그랬듯이, 어릴 때 김일과 천규덕의 레슬링에 열광한 것은 당연한 일이었다. 하지만 프로레슬링은 쇼라는 말이 나오면서 순식간에 한국의 레슬링 붐은 사라졌다. 그러다가 AFKN에서 지금은 WWE로 이름이 바뀐 WWF 레슬링을 보게 되었다. 헐크 호건과 랜디 새비지, 얼티밋 워리어. 대형 이벤트인 레슬매니아와 섬머 슬램 등은 비디오로도 출시되었다. 그리고 아버지가 보시던 일본 위성방송 덕분에 일본의 격투기와 레슬링을 접하게 되었다. 종합격투기 단체인 판크라스, 여자레슬링 단체 JWP와 GAEA, 과격한 레슬링을 시도한 FMW 등등. 지금은 사라진 미국의 ECW도 알게 되었다. 토미 드리머와 사부, 샌드맨, 레이븐 등이 활약하던 전성기의 ECW. 레슬링은 쇼이지만, 육체의 극한을 보여주는 멋진 스페이스 오페라 같은 것이다.

그리고 종합격투기에 빠져들었다. 처음에는 피터 아츠와 어네스트 후스트가 활약하던 입식 타격기 대회인 K-1을 보기 시작했다. 1993년의 1회 대회에서 브랑코 시카틱이 후스트를 KO시키는 장면은 화끈했다. 1997년 시작된 프라이드 대회를 보면서 입식이 약간 시시해지기 시작했다. 200전 무패라는 허황한 기록을 가진 브라질의 힉슨 그레이시와 신일본 레슬링 선수 출신으로 실전 레슬링을 주창했던 마에다 아키라와 함께 UWF, 링스 등에서 활약했던 다카다 노부히코의 시합이 1회 대회의 메인 이벤트였다. 지금은 종합격투기 선수들이 거의 쓰지 않는 자세, 허리를 죽 펴고 두 팔을 앞으로 내민 것 같이 싸우는 힉슨 그레이시는 압도적이었다. 그 안에 흐르는 공기가 느껴지는 것만 같았다.

추성훈과 데니스 강의 시합을 장충체육관에 가서 본 적이 있었다. 1라운드에서는 데니스 강이 우세했다. 2라운드 초반에도 같았지만 추성훈의 타격이 적중하면서 순간 분위기가 변했다. 체육관 안의 공기가 변했다. 느껴졌다. 기운이 확 바뀌면서 데니스 강이 주춤거리고 밀리기 시작했다. 그리고 KO. 아무런 무기도 없이 오로지 육체만으로 겨루는 격투기를 보는 일은 가슴이 뛴다. 이기기 위해서, 자신의 모든 것을 걸고 싸우는 시합은 정말 매혹적이다. 때로는 자신이 질 것이라는 것을 알면서도, 실력 차를 느끼면서도 악착같이 달려드는 선수를 보며 응원하는 경우도 있다. 그가 더욱 멋있게 지기를 원하는 것이다.

재능은 존재한다. 하지만 재능이 아무리 뛰어나도 세월이 흐르면서 자만하고 나태해져 무너지는 선수들이 있다. 반면 노력형으로 점점 성장하여 챔피언까지 오르는 경우도 있다. 비록 어느 순간에 무력하게 패하기도 하지만, 그 또한 좋다.

모든 것은 차고 기울기 마련이다. 격투기를 보고 있으면 각자의 능력과 역할이 분명하게 드러난다. 어느 정도 실력이 좋아도, 챔피언은커녕 도전조차 하지 못할 것임이 보이는 선수도 있다. 하지만 자신의 싸움을 열렬하게, 언제나 열정적으로 싸운다면 그 선수는 오래 보고 응원할 수 있다. 보는 관객도 즐겁고, 그 자신도 만족을 느끼며 싸운다.

 가끔 생각한다. 세상도 종합격투기처럼 심플하게 승부가 갈리는 곳이라면 좋겠다고. 그곳에도 재능과 자본 그리고 꼼수도 존재하지만 그래도 절대적으로 지켜야 할 최소한의 룰이 존재한다. 이 세상은 그렇지 않다. 최소한의 룰조차 사라진 지 오래고, 남은 것은 그저 성공에 대한 욕망뿐이다. 격투기에 여전히 열광하는 이유는, 싸우는 선수들을 볼 때마다 두근거리기 때문이다. 승과 패로 확연히 갈리는 링 위에서 승부를 거는 일은 언제나 두근거리니까. 이 세상에 존재하지 않는, 순수한 열망이고 환상이니까.

에필로그

대학을 졸업하고 반백수로 6년 정도를 보내다가 〈시네필〉을 거쳐 〈씨네21〉에 들어갔다. 그리고 서른이 되었다. 농담 반 진담 반으로, 이제 중년이라고 말했다. 청춘, 젊은 날은 이제 끝났다는 기분이 들어서였다. 내가 할 수 있는 것이 무엇인지 알기 위해서 좌충우돌 달렸고, 결국은 직장에 들어갔다. 과거의 모험은 이제 끝난 것이라고, 다른 막으로 넘어왔다고 생각했다. 허랑방탕하게 허우적대던 시절이 낭비였냐고 생각한다면 전혀 아니라고 답할 것이다. 그 시절이 다시 돌아온다면 좀 더 효율적으로, 좀 더 즐겁게 살고 싶은 생각은 있지만 그 이상은 아니다. 조잡하고 무익했던 방황도 필요한 시간이었다.

〈나의 대중문화 표류기〉를 시작할 때 20대까지 이야기로 한정하고 싶었다. 딱히 서른 즈음에 직장에 들어갔기 때문은 아니다. 성장했기 때문도 아니다. 그때나 지금이나 조금 더 숙련되었을 뿐 나는 여전히 멍청하고 한심한 인간이라고 생각한다. 여전히 세상에 대해 모르고, 여전히 알고 싶은 것이 너무나도 많다. 그래서 서른이 넘은 후 지금까지도 나는 계속 뭔가를 헤매다니면서 살아가고 있다. 그 후 시작한 것들로도 책을 내고, 일도 하고, 우왕좌왕하며 살고 있다.

이를테면 일본문화. 일본에 대해 나름 파고들기 시작한 것은 『클릭! 일본문화』라는 책을 내면서였다. 후배가 기획하고는 함께 쓰자고 했다. 일본의 소설, 만화, 영화 등은 좋아했지만 일본문화 개방 전까지는 자료도 부족했고 취미 정도였다. 하지만 그의 제의로 함께 책을 쓰고 나서는 본격적으로 공부를 시작했다. 일본에 갈 때마다 자료가 될 만한 책을 사오고, 꾸준하게 파고들며 체계를 세우려고 했다. 일본의 역사에 대해서도 다시 읽어봤다. 그렇듯 살아오는 과정에서 뭔가를 하게 되는 계기가 된 사건들이 있었고, 흐름에 몸을 맡기다 보면 어디론가 쉼 없이 가고 있었다. 글쓰기에 대한 강의도, 책도 그러다 보니 하고, 쓰고 있었다.

어렸을 때 잡다하게 대중문화를 섭취했던 건 그냥, 이었다. 목적도, 이유도 없이 도피할 것이 필요하고, 그것이 즐거워서 빠져든 것뿐이다. 다른 잘 하는 것이 없었으니, 내가 잘 아는 것으로 뭔가를 해볼까 생각해서 이 길로 들어오게 되었다. 간혹 칭찬을 받기도 하고, 당연히 욕도 무수하게 먹고, 스스로 좌절도 하고 때로 기뻐하기도 하면서 가다 보니 운 좋게도 여기까지 온 것이라고 생각한다. 어찌 보면 우연이 곧 운명이었다. 우연히 뭔가를 알게 되었을 때 파고들고, 우연히 제의를 받았을 때 잘 할 수 있는 일인지 일단 뛰어들어 보고 가니 이렇게 된 것. 그런 점에서는 다행이고, 모든 것이 운이었다.

이 책을 쓰게 된 것 역시 우연이다. 오십이 넘으면 과거를 되짚어 보는 에세이를 한 번 써보고 싶었다. 누구에게 보여주지 않더라도, 나 자신에 대해 정리해보고 싶은 마음이 있었다. 뛰어난 재능이 있지도 않고, 특별한 학력이나 경력도 없이 그럭저럭 살아남을 수 있었던 과정을 반추해보고 싶었다. 그러니까 어떻게 내가 무엇인가를 성취하고 이루면서 살아왔는가를 보는 것이 아니라 어떻게 겨우 자신을 추스르며 밀려나지 않고 살아남을 수 있는가를 보고 싶었다고나 할까.

하지만 〈나의 대중문화 표류기〉는 그런 개인적 지점보다는 그 와중에 내가 어떤 문화적 경험을 했는가를 말하는 책이다. 개인적인 사건과 감정은 많이 덜어냈고, 영화와 만화 등등 내가 경험한 문화 텍스트에 대한 이야기를 한껏 풀어놨다. 어쨌거나 나를 만든 4할 정도는 그런 문화적 경험들이었다고 생각한다. 그리고 그것들이 있었기에, 지금의 나라는 인간의 정서도 다듬어졌을 것이라고 본다. 인간은 모방하면서 배우는 존재이니까.

쓰고 나서 보니 참 아슬아슬하게 살아왔다는 생각이 든다. 나는 늘 천재보다 보통 사람들의 이야기에 끌렸다. 잘난 사람들은 어떻게든 알아서 잘 살기 마련이다. 하지만 보통의 사람들은 아등바등하면서 살아남는 것만도 지난한 투쟁이고 고통이다. 그들이 어떻게 살아남았는지가 나는 궁금하고, 배우고 싶다. 나 역시 그랬으니까. 그들의 이야기도 언젠가 쓸 수 있으면 좋겠다고 생각한다. 살아남는 것만으로도 벅찬 세상이니까.

이 책을 권하며 1

『미생』『이끼』 윤태호

아버지가 주신 모자란 학원비 때문에 미술학원에 다니길 포기하자 오히려 놀기에 적당한 돈이 손에 남았다. 미대준비반이라 야간자율학습에서 자유로운 나는 미술학원 가는 핑계로 학교를 나와 마지막 버스가 다닐 때까지 밤길을 걸었다. 전학온지 얼마 안 된 나에게 광주는 신비하고 호기심 넘치는 곳이었고 손아귀의 돈은 (몇 푼 안되지만) 작은 용기를 주었다. 전남대 앞에서 충장로까지 걸어가 나라서적에서 사지도 않을 책을 본다. 한참을 서서 인간시장을 읽고, 카네기 처세술을 읽고, 쌍절곤 교본과 태극권 교본을 독파하고 나면 다리가 아파 더 이상 서있기 어려운 상태가 된다. 그러면 서점을 나와 다시 걷는다. 동시상영관이 보이면 두근거리는 마음으로 들어간다. 나인하프위크와 알 수 없는 홍콩영화를 연달아보고 막차를 타고 귀가한다. 이게 당시의 하루 일과였다. 돈이 없으면 영화는 생략. 그냥 걸었다.

일년이 지나 3학년이 되어서도 나는 비슷한 일과를 보내고 있었다. 형편이 나아지지 않은 아버지는 여전히 부족한 학원비를 주셨고 청소해주는 대가로 절반 값에 다니기로 했다는 내 말은 아직 유효했다. 당시 광주는 전국적으로 들끓던 6월 항쟁의 여파로 매일같이 시위가 있었다. 내가 다니던 고등학교는 전남대 바로 앞이어서 언제나 최루가스가 교실에 가득했고 시위가 확대되면 학생들이 수업을 빠져나와 시위에 참여하곤 했었다. 아마… 시위가 정점이었던 어느 날 대열이 흩어지며 갑자기 나 혼자 있게 됐다. 길 양끝에서 다가오는 전경들 사이에서 공포에 질려있던 나를 누군가 잡아끌었고 그 아저씨의 간판집에서 잤다. 다음날 집에 갔을 때 아버지는 내가 학원을 다니지 않는다는 것을 알게 됐다. 학원에서 자고 간다고 전화했는데 걱정이 돼 학원으로 전화를 하셨던 거다. 얼마 안 되지만 어떻게 마련한 돈인데 그걸 허투루 쓰냐며 기가 막힌 표정을 지으셨다. 난 아무 말도 못했다. 얼마 안 되는 학원비는 그날로 끊어졌다.

돈이 없으니 학교 미술부실에서 혼자 그림 그리는 나날이 시작됐다. 하지만 그것도 오래지않아 좀이 쑤셨다. 분명 아버지가 대학을 보내줄 수 없을 거라 생각하니 이게 다 뭔가 싶었다. 바로 일어나 학교를 나서는데… 뒤를 돌아봤다. 기다란 본관 건물에 야간자율학습을 하는 3학년 교실 층이 눈부시게 빛나고 있었다. 왠지 떠밀려 나가는 느낌에 걸을 수 없었다. 교실로 갔다. 누구하나 나를 신경쓰지 않았다. 다들 자기 공부만 하고 있었다. 마땅히 공부할만한 책이 없어 낙서를 하며 분위기를 파악하고 있는데 전교 상위권이던 옆자리 녀석이 종이를 한 장 넘겼다. 조용한 목소리로 '내가 쓴 가사야, 읽어봐'. X나 유치했다. 그런데 잠깐 당황했다. 가사를 쓸 수 있다니. 아니, 가사를 쓰려고 생각 할 수 있다니. 가수, 탤런트, 코미디언은 어디선가 갑자기 튀어나오는 사람이었다. 이렇게 일상에서 만날 수 있는 사람이 아니었다. 하지만 그 녀석은 꽤 많은 습작을 갖고 있었다. 미화부장인 나는 녀석의 글을 교실 뒤에 붙여주기도 했다. 그리고 그즈음부터 서서히 이렇게 말했던 것 같다.

'나 만화가가 될 거야.'

비틀거리거나 무너져가는 삶의 체험에서 김봉석이 말한 '내가 어쩌다가 그 싸구려 문화들, 쓸모없는 오락에 불과하다 말하는 것들에 마음을 빼앗겨 왔는지를. 하지만 그런 찰나에만 몰두하던 소년이 어떤 경로를 통해서 그가 존재하는 시간과 공간을 함께 들여다보게 되었는지'를 확인하는 것은 그만이 아니라 우리에게 모두 필요하며 소중한 일이 될 것이라고 생각한다. 그 허술했던 날들을 생각해보면 분명 그렇다. 그래서 『나의 대중문화 표류기』를 천천히 읽는다.

이 책을 권하며 2

『내 연애의 모든 것』『약혼』 이응준

인생이야 원래 허망한 것이지만, 만약 아름다운 추억마저 없다면 그것은 불안한 허망이 아니라 완벽한 지옥일 것이다. 아름다움이란 슬프고 그리운 허망에서 비롯되는 것. 사람은 삶의 갈피를 잡기 어려울 때 추억의 이정표들을 되짚어본다.

이제 전방위 전천후 평론가 김봉석이 시대의 폭염 속에서 우울한 꽃비가 내리던 그 시절 우리가 무엇을 읽고 보고 들으면서 우리의 청춘을 기어이 사랑했는가를 대신 술회해주는 것은 필경 한 권의 책이라기보다는 가장 좋은 친구일 것이다.

요설을 일삼는 가짜 평론가들이 넘쳐나는, 문화파시즘이 호황인 이 21세기의 메트릭스 속에서도 제 주인의 성품을 꼭 닮아 담백한 그의 글은 한 진지하고 소박한 인간이 문화작품들 속에서 얼마나 스스로를 강철처럼 단련시킬 수 있는지를 추억의 즐거움으로 보여주며 현실에 낙담한 우리들에게 다시금 새로운 날들을 살아갈 용기를 권한다. 아, 우리는 얼마나 마음이 자주 아프지만 그만큼 순수한 사람들이었으며 미숙하지만 고뇌하는 영혼이었던가.

이 책을 읽는다는 것은 잃어버린 그 시절의 사랑에게 오늘의 불안을 극복하고 희망의 편지를 적는 일이다. 완벽한 허망이란 슬프고 그리운 것에 대한 무지에서 비롯되는 것. 지금 이 책을 가지고 있는 우리는 우리의 인생이 아름다운 추억이 아니라 지옥이 되는 것을 결코 용납할 수 없게 되었다.

김봉석

서울에서 태어났다. 고려대학교 사학과를 졸업하고 〈씨네21〉
과 〈한겨레신문〉에서 기자로 활약하며 김봉석 마니아를 양산했
다. 정작 본인은 어린 시절부터 영화, 만화, 애니메이션, 드라마,
J-pop 등 다양한 대중문화의 마니아였다. 지금도 대중문화 마
니아로서의 이력에 힘입어 영화평론가이자 대중문화평론가로
다양한 활동을 하고 있다. 『클릭! 일본문화』(공저) 『18금의 세
계』(공저) 『컬처 트렌드를 읽는 즐거움』 『하드보일드는 나의 힘』 『좀비사전』 등을 저술했다.
KT&G 상상마당 아카데미에서 '전방위 글쓰기'를, 한겨레문화센터 '영화리뷰쓰기'를 강의하
고 있다. 현재는 『미생』의 윤태호 작가와 함께 만든 만화잡지 〈에이코믹스〉 편집장이다.

나의 대중문화 표류기

2015년 4월 1일 초판 1쇄

지은이 김봉석
펴낸이 이순영 ‖ 편집 이진아 ‖ 마케팅 이상수 ‖ 디자인 강해령 ‖ 인쇄 한영문화사
펴낸곳 북극곰 ‖ 주소 서울시 은평구 진관동 은평뉴타운 우물골 239동 1001호
전화 02-359-5220 ‖ 팩스 02-359-5221
이메일 bookgoodcome@gmail.com ‖ 홈페이지 http://www.bookgoodcome.com
블로그 http://blog.naver.com/codathepolar ‖ 페이스북 http://www.facebook.com/bookgoodcome
ISBN 978-89-97728-70-1 03800 ‖ 값 12,000원
ⓒ 김봉석 2015

「이 도서의 국립중앙도서관 출판시도서목록(CIP)은 서지정보유통지원시스템 홈페이지
(http://seoji.nl.go.kr)와 국가자료공동목록시스템(http://www.nl.go.kr/kolisnet)에서
이용하실 수 있습니다. (CIP제어번호 : CIP2015008607)」